Italienische Küche

Text: Manuela Gasteiger-Klapfer
Zurichtung der Speisen für die Farbfotografie: Manuela Gasteiger-Klapfer
Styling: Daniela Kofler und Manuela Gasteiger-Klapfer
Layout: Manuela Gasteiger-Klapfer und Erwin Kohl

1998

Gesamtherstellung: Athesiadruck, Bozen
ISBN 88-7014-886-6

Manuela Gasteiger-Klapfer

Italienische Küche

einfach & schnell

Fotos von Daniela Kofler

Zweite Auflage

VERLAGSANSTALT ATHESIA · BOZEN

Vorwort

Dies soll ein Kochbuch für Junggesellen und Studenten sein, die Freude am Kochen haben und die einfache, italienische Küche lieben; ebenso finden auch berufstätige Frauen in diesem Buch eine ganze Reihe von einfachen Rezepten und Ideen, wie man in kurzer Zeit etwas Gutes auf den Tisch zaubern kann, ohne auf Fertigprodukte zurückgreifen zu müssen.
Voraussetzung für diese »Einfachheit« ist jedoch, daß die Zutaten stets frisch und von guter Qualität sind.
Ich habe mich bemüht, eine Auswahl bester italienischer Rezepte zu sammeln, zu überarbeiten und neu aufzuschreiben.
So reicht die Palette von bekannten und klassischen Pasta- und Risotto-Variationen oder originellen Gemüsespezialitäten bis hin zu einer kleineren Auswahl an Fleisch- und Fischgerichten; Kenner werden einige Varianten ihrer Lieblingsgerichte darin entdecken.
Besonderen Wert habe ich darauf gelegt, daß die Rezepte klar und einfach sind. Auch wer im Kochen noch nicht so sehr geübt ist, wird zu ausgezeichneten Ergebnissen kommen.
Zum guten Schluß bedanke ich mich bei meiner Freundin, der Fotografin Daniela Kofler, die durch die schönen Aufnahmen dazu beigetragen hat, daß dieses Buch nicht nur zur Gaumenfreude, sondern auch zur Augenweide wird.
Den zukünftigen Genießern dieser Rezepte wünsche ich viel Spaß beim Kochen und einen guten Appetit.

Manuela Gasteiger-Klapfer

Brixen, im Frühjahr 1996

Antipasti

Crostini al tonno

Crostini al tonno

Getoastetes Brot mit Thunfisch

ZUTATEN FÜR 4 PERSONEN

8 Scheiben Baguette
1 Dose Thunfisch (160 g)
30 g Butter
1 TL gehackte Zwiebeln
1 TL frisch gepreßter Zitronensaft
1 EL gehackte Petersilie
frisch gemahlener Pfeffer

ZUBEREITUNGSZEIT

ca. 20 Minuten

Den Thunfisch (ohne Öl) in eine Schüssel geben. Butter, Zwiebel, Zitronensaft und Petersilie hinzufügen, mit Pfeffer würzen und alles mit einer Gabel gut durchmischen. Die Brotscheiben im vorgeheizten Backofen bei ca. 180 °C goldbraun toasten. Anschließend mit der Thunfischmischung bestreichen und noch heiß servieren.

Bruschetta

Römisches Knoblauchbrot

ZUTATEN FÜR 4 PERSONEN

4 Scheiben gutes Brot mit harter Kruste
1–2 Knoblauchzehen
4 EL Olivenöl, kaltgepreßt
2 mittelgroße Tomaten
1 EL gehacktes Basilikum
1 gestrichener TL Oregano
Salz
frisch gemahlener Pfeffer

ZUBEREITUNGSZEIT

ca. 20 Minuten

Die Tomaten waschen, kleinwürflig schneiden und in eine Schüssel geben. Basilikum und Oregano hinzufügen und alles mit einer Gabel sorgfältig vermengen. Je nach Geschmack mit Pfeffer und Salz würzen und nochmals gut durchrühren.
Die Brotscheiben im Backofen bei 180 °C goldbraun toasten. Das heiße Brot mit dem Knoblauch einreiben, mit Olivenöl beträufeln und die Tomatenwürfel darauf verteilen. Auf einem Teller anrichten und sofort servieren.

Crostini bianchi

Getoastetes Brot mit Topfen und Sardellen

ZUTATEN FÜR 4 PERSONEN

6–8 Scheiben Toastbrot
200 g frischer Topfen (ricotta)
10 g Butter
6 eingelegte Sardellenfilets
1 EL Olivenöl, kaltgepreßt
frisch gemahlener Pfeffer

ZUBEREITUNGSZEIT

ca. 25 Minuten

Das Backrohr auf 180 °C vorheizen. Topfen, Butter, Sardellenfilets, Olivenöl und etwas Pfeffer im Mixer pürieren. Die Toastbrotscheiben inzwischen im Backofen hellgelb rösten. Das knusprige Brot mit der Topfen-Sardellen-Paste bestreichen und servieren.

Rohschinken, Melone und Feigen

ZUTATEN FÜR 4 PERSONEN

2 Zuckermelonen
8 frische Feigen
150 g Rohschinken, dünn geschnitten

ZUBEREITUNGSZEIT

ca. 15 Minuten

Die Melonen halbieren und entkernen. Jede Hälfte nochmals längs teilen und die Schale wegschneiden. Die Feigen schälen und längs halbieren. Auf einem großen Teller die Melonenscheiben und die Feigen verteilen, den Rohschinken darüberlegen und servieren.

Rohschinken mit Mozzarella und Rucola

ZUTATEN FÜR 4 PERSONEN

1–2 Bund Rucola
2 Mozzarelle
150 g Rohschinken, dünn geschnitten

ZUBEREITUNGSZEIT

ca. 15 Minuten

Die Rucola sorgfältig waschen und grob zerschneiden. Die Mozzarelle in Scheiben schneiden. Auf einem großen Teller zuerst die Rucola und dann die Mozzarellascheiben verteilen. Abschließend den Rohschinken darüberdrapieren, so daß das Ganze verdeckt ist.

Crostini alla Napolitana

Überbackenes Brot nach Neapolitaner Art

ZUTATEN FÜR 4 PERSONEN

4 Scheiben Toastbrot
1 große Mozzarella
4 eingelegte Sardellenfilets
2 Tomaten
ca. 20 g Butter
Oregano
Salz
frisch gemahlener Pfeffer

ZUBEREITUNGSZEIT

ca. 20 Minuten

Die Mozzarella in acht Scheiben teilen. Die Tomaten waschen und in Scheiben schneiden. Die Brotscheiben mit Butter bestreichen; jeweils mit zwei Scheiben Mozzarella, einem Sardellenfilet und einigen Scheiben Tomaten belegen und nach Belieben mit Oregano, Salz und Pfeffer würzen. Das Ganze auf ein wenig geöltes Backblech geben und im vorgeheizten Backrohr bei 180 °C ca. 10 Minuten überbacken. Auf einer Platte anrichten und heiß servieren.

Mozzarella mit Tomaten und Basilikum

ZUTATEN FÜR 4 PERSONEN

3 Tomaten
2 Mozzarelle
1 Büschel Basilikum
Salz
frisch gemahlener Pfeffer
Olivenöl, kaltgepreßt

ZUBEREITUNGSZEIT

ca. 15 Minuten

Die Tomaten waschen, abtrocknen und in 1/2 cm dicke Scheiben schneiden. Ebenso die Mozzarelle in Scheiben schneiden.
Auf einem großen Teller die Tomaten- und die Mozzarellascheiben abwechselnd schichtweise verteilen. Mit Olivenöl, Salz und Pfeffer abschmecken und mit Basilikumblättern garnieren.

Salat aus frischen Pilzen und Parmesan

ZUTATEN FÜR 4 PERSONEN

200 g frische Waldpilze
eventuell auch 20 g weiße Trüffel
2–3 Selleriestengel
75 g Parmesankäse
2 EL frisch gepreßter Zitronensaft
60 ml Olivenöl, kaltgepreßt
Salz
frisch gemahlener Pfeffer

ZUBEREITUNGSZEIT

ca. 20 Minuten

Die Pilze säubern; die Köpfe mit einem feuchten Tuch abreiben (nicht waschen!). Anschließend in dünne Scheiben schneiden. Den Parmesankäse in hauchdünne Scheiben hobeln. Den Sellerie waschen, die Blätter entfernen und in 1/2 cm dicke Scheiben schneiden. Die Pilzscheiben auf eine Schüssel geben und mit Zitronensaft beträufeln. Die Sellerie- und Parmesanstückchen darüberstreuen. Wenn Sie auch einen Trüffel haben, hobeln Sie ihn mit einem Sparschäler oder, noch besser, einem Trüffelhobel in die Schüssel. Alles mit Olivenöl beträufeln und mit Salz und Pfeffer würzen. Anschließend sofort zu Tisch bringen.

Pilze-Carpaccio

ZUTATEN FÜR 4 PERSONEN

3–4 kleine frische Steinpilze
1–2 Knoblauchzehen, feingehackt
1 EL gehackte Petersilie
Salz
frisch gemahlener Pfeffer
2 EL grob geriebener Parmesankäse
etwas Zitronensaft
4 EL Olivenöl, kaltgepreßt

ZUBEREITUNGSZEIT

ca. 20 Minuten

Mit einem kleinen Messer die Steinpilze säubern; die Stiele abschaben und mit einem feuchten Tuch vorsichtig die Köpfe abreiben (nicht waschen). Anschließend die ganzen Pilze in feine, dünne Scheiben schneiden und auf einem Servierteller schichtweise anrichten. Den feingehackten Knoblauch und die Petersilie darüberstreuen, ebenso etwas Salz, Pfeffer und den grob geriebenen Parmesankäse. Mit Zitronensaft und Olivenöl beträufeln.

Gamberetti all'agro

ZUTATEN FÜR 4 PERSONEN

700 g kleine Gamberetti (in der Schale)
2 EL kleingeschnittene Petersilie
50 ml Olivenöl, kaltgepreßt
Saft von 1–2 Zitronen
Salz
frisch gemahlener Pfeffer

ZUBEREITUNGSZEIT

ca. 20 Minuten
2 Stunden zum Marinieren

Ein Liter Wasser mit einer Prise Salz zum Kochen bringen. Die Gamberetti im sprudelnd kochenden Wasser bei geschlossenem Deckel ca. 2 Minuten garen. Danach abgießen und mit kaltem Wasser abschrecken. Die Gamberetti von der Schale befreien und in eine Schüssel geben. Den Zitronensaft darüberträufeln, mit Salz und Pfeffer würzen und zum Marinieren für ca. 2 Stunden in den Kühlschrank oder an einen kühlen Platz stellen. In der Zwischenzeit immer wieder etwas umrühren.
Die marinierten Gamberetti abtropfen. Das Olivenöl und die geschnittene Petersilie hinzufügen und alles einmal vorsichtig durchheben. Anschließend servieren.

Gamberetti mit Salbei

ZUTATEN FÜR 4 PERSONEN

400 g kleinste Gamberetti (in der Schale)
8–10 frische Salbeiblätter
ca. 100 ml Olivenöl, kaltgepreßt
Salz
frisch gemahlener Pfeffer

ZUBEREITUNGSZEIT

ca. 25 Minuten

Die Gamberetti gründlich waschen und anschließend trockentupfen. Das Olivenöl in einer schweren Pfanne erhitzen. Die Salbeiblätter hineingeben und etwa 2 Minuten braten. Die Gamberetti hinzufügen und weitere 2 Minuten bei geschlossenem Deckel mitrösten. Anschließend die Hitze stark reduzieren, salzen und pfeffern und ohne Deckel noch 2 Minuten fertiggaren. Die Gamberetti samt Salbei auf einem vorgewärmten Teller anrichten und sofort servieren.

Pinzimonio

Gemüse-Rohkost-Teller

ZUTATEN FÜR 4 PERSONEN

4 Bleichsellerieherzen
3–4 Karotten
1 Bund Radieschen
1 Fenchelknolle
2 Tomaten
anderes Gemüse der Jahreszeit
Saft von 1 Zitrone
ca. 150 ml kaltgepreßtes Olivenöl
Salz
frisch gemahlener Pfeffer

ZUBEREITUNGSZEIT

ca. 20 Minuten

Das Gemüse putzen, in Streifen schneiden oder vierteln und dekorativ auf einem Servierteller anrichten. Das Olivenöl mit etwas Salz, Pfeffer und dem Zitronensaft gut vermischen und auf vier kleine Schälchen verteilen. Jede Person am Tisch erhält ein Schälchen mit gewürztem Olivenöl, in das sie ihr Gemüse tunkt.

Gefüllte Eier

ZUTATEN FÜR 4 PERSONEN

4 hartgekochte Eier
1 EL feingehackte Petersilie
1–2 EL Olivenöl, kaltgepreßt
1 TL gehackte Kapern
50 g Thunfisch (ohne Öl)
Salz
frisch gemahlener Pfeffer

ZUBEREITUNGSZEIT

ca. 20 Minuten

Die hartgekochten Eier schälen und längs halbieren. Die Eigelbe vorsichtig herausnehmen und in eine Schüssel geben. Petersilie, Olivenöl, Kapern und Thunfisch dazugeben und alles gut mit einer Gabel vermischen. Mit Salz und Pfeffer würzen. Die Mischung in die Eiweißhälften füllen, auf einem großen Teller anrichten und servieren.

Panunto

Getoastetes Brot mit Knoblauch und Tomaten

ZUTATEN FÜR 4 PERSONEN

4 große Scheiben Weißbrot oder
 8 Scheiben Baguette
1–2 Knoblauchzehen
1 reife Tomate
4 EL kaltgepreßtes Olivenöl
Salz

ZUBEREITUNGSZEIT

ca. 20 Minuten

Die Tomate waschen, abtrocknen und halbieren. Die Brotscheiben im Backofen (180 °C) goldbraun toasten. Das heiße Brot beidseitig zuerst mit Knoblauch, dann mit einer Tomatenhälfte einreiben. Anschließend jede Scheibe mit Olivenöl beträufeln und etwas salzen. Heiß servieren.

Mozzarella in carrozza

Mozzarella-Toast mit Tomatensauce

ZUTATEN FÜR 4 PERSONEN

8 Scheiben Kasten- oder Toastbrot
1 Ei
Semmelbrösel
ca. 1/8 l Milch
1 große Mozzarella
Oregano
gutes Pflanzenöl
ca. 30 g Butter

TOMATENSAUCE

350 g Pelati (eingelegte Tomaten)
2 EL Olivenöl, kaltgepreßt
1 Knoblauchzehe
1 EL Zwiebelwürfel
1 EL gehacktes Basilikum
Salz
frisch gemahlener Pfeffer

ZUBEREITUNGSZEIT

ca. 35 Minuten

Das Olivenöl in einer Pfanne bei mittlerer Temperatur erhitzen. Die geschälte, mit einer Gabel zerdrückte Knoblauchzehe hineingeben und nach ca. 1 Minute wieder entfernen. Die feingehackte Zwiebel hinzufügen und glasig werden lassen. Dann die Tomaten einrühren, salzen und pfeffern und etwa 10–15 Minuten kochen, bis die Sauce eindickt. Zum Schluß das Basilikum unterrühren und noch 1 Minute kochen.
Für den Mozzarella-Toast das Ei aufschlagen, in einen tiefen Teller geben, die Milch hinzugießen, etwas salzen und gut verrühren. Die Mozzarella in Scheiben schneiden. Das Brot nacheinander in das Ei-Milch-Gemisch tauchen und leicht ausdrücken. Jeweils auf eine Brotscheibe 2 Scheiben Mozzarella legen; mit Salz, Pfeffer und Oregano würzen und mit einer weiteren eingeweichten Brotscheibe bedecken. Mit der Hand zusammendrücken, so daß die Schichten beieinanderbleiben. Anschließend den Toast in Semmelbröseln wenden.
Öl und Butter in einer großen beschichteten Pfanne erhitzen und die Mozzarella-Toaste darin von beiden Seiten goldbraun backen. Anschließend die fertigen Toaste mit der heißen Tomatensauce überziehen und sofort servieren.

BRUNELLO DI
MONTALCINO
IL POGGIONE

Nudelgerichte

Orecchiette mit Broccoli und Sardellen

Orecchiette mit Broccoli und Sardellen

ZUTATEN FÜR 4 PERSONEN

700 g Broccoli
4 EL Olivenöl, kaltgepreßt
2 Knoblauchzehen
3–4 eingelegte Sardellenfilets
1 Stückchen Peperoncino (Pfefferschote)
Salz
400 g Orecchiette
5 EL frisch geriebener Pecorinokäse

ZUBEREITUNGSZEIT

ca. 45 Minuten

Die Broccoli waschen und so beschneiden, daß nur das Röschen und ein kleiner Teil des Stiels übrigbleiben. Anschließend einen großen Topf mit gesalzenem Wasser zum Kochen bringen und die Broccoliröschen darin ca. 10–15 Minuten kochen. Dann das Gemüse mit einem Schaumlöffel herausnehmen und in demselben Kochwasser die Orecchiette »al dente« garen.
Inzwischen die Knoblauchzehen und die Sardellenfilets in einer Pfanne mit dem Olivenöl erhitzen. Den Knoblauch nach einer Minute wieder entfernen. Die Sardellen mit einer Gabel etwas zerdrücken, bis sie cremig sind; dann den Peperoncino und die Broccoliröschen hinzufügen; mit einem Holzlöffel umrühren und auf niedriger Flamme ca. 3–4 Minuten dünsten. Sobald die Nudeln gar sind, abgießen und zum Broccoligemüse geben. Alles kräftig durchmischen und mit geriebenem Pecorinokäse bestreuen. Anschließend heiß in einer vorgewärmten Servierschüssel zu Tisch bringen.

Tagliatelle alla boscaiola

Bandnudeln mit frischen Waldpilzen

ZUTATEN FÜR 4 PERSONEN

400 g frische kleine Steinpilze
1 halbe kleine Zwiebel
1 Knoblauchzehe
1 Büschel Petersilie
20 g Butter
2 EL Olivenöl, kaltgepreßt
ca. 150 ml flüssige Sahne
Salz
frisch gemahlener Pfeffer
frisch geriebener Parmesankäse
400 g Tagliatelle

ZUBEREITUNGSZEIT

ca. 35 Minuten

Die Steinpilze säubern; mit einem Messer die Stiele abschaben und die Köpfe mit einem feuchten Tuch abreiben. Anschließend in dünne Scheiben schneiden.
Butter und Öl in einer Pfanne leicht erhitzen. Die kleingehackte Zwiebel und den mit einer Gabel zerdrückten Knoblauch hinzufügen und kurz sautieren, bis die Zwiebel glasig ist; dann den Knoblauch wieder entfernen. Die Pilze dazugeben; salzen und pfeffern und bei geschlossenem Deckel ca. 15–20 Minuten auf niedriger Flamme dünsten lassen. Falls nötig, mit etwas Wasser aufgießen.
Kurz vor Kochende die Sahne und die fein gehackte Petersilie unterrühren. Die inzwischen »al dente« gegarten Nudeln mit der Pilzsauce vermischen und mehrere Male kräftig umrühren. Sofort servieren und eine kleine Schale mit geriebenem Parmesankäse getrennt dazureichen.

Spaghetti con verdure tritate

Spaghetti mit Tomaten-Gemüse-Sauce

ZUTATEN FÜR 4 PERSONEN

4–5 EL Olivenöl, kaltgepreßt
1 große Zwiebel
3 mittelgroße Karotten
2 Selleriestengel
500 g Pelati (eingelegte Tomaten)
Salz
400 g Spaghetti

ZUBEREITUNGSZEIT

ca. 40 Minuten

Karotten und Sellerie waschen und klein hacken; ebenso die Zwiebel kleinwürfelig schneiden.
In einer Pfanne die Zwiebel im Olivenöl glasig werden lassen. Pelati, gehackte Karotten und Sellerie hinzufügen; salzen und im offenen Topf etwa 30 Minuten stetig köcheln lassen. Zwischendurch immer wieder umrühren. Inzwischen die Spaghetti in sprudelnd kochendem Salzwasser »al dente« garen. Anschließend die abgeseihten Nudeln mit der Tomaten-Gemüse-Sauce vermengen und zu Tisch bringen.

Variante

mit Majoran und Käse

ZUSATZZUTATEN

Zum vorhergehenden fertiggekochten Rezept noch folgende Zutaten
1 EL frische Majoranblätter
2 EL frisch geriebener Parmesankäse
2 EL frisch geriebener Pecorinokäse
1 EL Olivenöl, kaltgepreßt

Während die Tomaten-Gemüse-Sauce kocht, den Majoran unterrühren und weitere 4–5 Minuten köcheln.
Sobald die Sauce eingedickt ist, erst den Parmesan-, dann den Pecorinokäse und schließlich das Olivenöl untermengen. Sofort mit den gekochten, abgeseihten Nudeln vermischen und servieren.

Penne agli aromi

Penne mit frischen Gewürzkräutern

ZUTATEN FÜR 4 PERSONEN

1 kleine Zwiebel
1–2 Knoblauchzehen
3 EL Olivenöl, kaltgepreßt
1 Büschel Petersilie
1 Zweig frischer Salbei
1 Zweig Rosmarin
1 Zweig frischer Oregano
500 g Pelati (eingelegte Tomaten)
Salz
frisch gemahlener Pfeffer
ca. 150 ml flüssige Sahne
400 g Penne
frisch geriebener Parmesankäse

ZUBEREITUNGSZEIT

ca. 30 Minuten

Die Kräuter waschen und fein hacken; ebenso Zwiebel und Knoblauch.
In einer breiten Pfanne Zwiebel und Knoblauch im Olivenöl hell anrösten, dann die Kräuter hinzufügen. Bei niedriger Temperatur kurz dünsten, dann die Tomaten untermischen. Mit Salz und Pfeffer würzen und ca. 15 Minuten kochen lassen. Dann die Sahne unterrühren und kurz eindicken lassen.
Inzwischen die Penne in sprudelnd kochendem und gesalzenem Wasser ca. 8 Minuten »al dente« garen; dann abseihen.
Die Nudeln zur Tomatensauce geben und alles gut vermengen; reichlich Parmesankäse dazugeben und unter Rühren nochmals kurz aufkochen. Die Penne in eine vorgewärmte Servierschüssel füllen und heiß servieren.

Farfalle appetitose

Geschmackvolle Schmetterlingsnudeln

ZUTATEN FÜR 4 PERSONEN

2 EL Olivenöl, kaltgepreßt
100 g geräucherter Bauchspeck (pancetta)
2 Knoblauchzehen
2 eingelegte Sardellenfilets
1 Stückchen Peperoncino (ohne Samen)
500 g Pelati (eingelegte Tomaten)
Salz
frisch gemahlener Pfeffer
1 EL fein gehackte Petersilie
½ TL Oregano
400 g Farfalle
frisch geriebener Pecorinokäse

ZUBEREITUNGSZEIT

ca. 35 Minuten

Den Bauchspeck in kleine Würfel oder dünne Streifen schneiden. Die Knoblauchzehen schälen und mit der Gabel zerdrücken. Das Olivenöl auf mittlerer Flamme in einer großen Pfanne erhitzen. Darin den Speck, die zerdrückten Knoblauchzehen, die zerschnittenen Sardellenfilets und den fein gehackten Peperoncino 2–3 Minuten dünsten, bis der Speck glasig ist. Dann den Knoblauch wieder entfernen. Die Tomaten zugeben; mit Salz und Pfeffer würzen und ca. 15–20 Minuten auf mittlerer Flamme kochen.
Kurz vor Garzeit Petersilie und Oregano unter die Sauce mischen.
Inzwischen die Farfalle in sprudelnd kochendem, gesalzenem Wasser »al dente« garen.
Die abgeseihten Nudeln mit der fertigen Tomatensauce vermengen; reichlich Pecorinokäse unterrühren und heiß servieren.

Spaghetti mit Zucchini, Knoblauch und Basilikum

ZUTATEN FÜR 4 PERSONEN

3–4 mittelgroße Zucchini
4 EL Olivenöl, kaltgepreßt
2 Knoblauchzehen
1/2 Glas Weißwein
10 frische Basilikumblätter
30 g Butter
Salz
frisch gemahlener Pfeffer
400 g Spaghetti
50 g frisch geriebener Parmesankäse

ZUBEREITUNGSZEIT

ca. 35 Minuten

Die Zucchini gründlich waschen, trocknen und in dünne Scheiben schneiden.
Inzwischen das Wasser für die Nudeln zum Kochen bringen. Die mit einer Gabel zerdrückten Knoblauchzehen im Olivenöl hell anrösten; dann wieder entfernen. Das Zucchinigemüse zufügen und einige Minuten dünsten lassen. Dabei öfters umrühren, damit die Zucchini nicht anbrennen. Den Weißwein angießen, salzen und pfeffern und weiterdünsten, bis das Gemüse weich ist (ca. 15 Minuten).
Die fertiggekochten, abgeseihten Spaghetti mit der Butter vermischen. Zucchini, Basilikum und geriebenen Parmesan hinzufügen und nochmals gründlich mischen. Heiß servieren und zusätzlich geriebenen Käse reichen.

Linguine al tonno

Linguine mit Thunfischsauce

ZUTATEN FÜR 4 PERSONEN

3 EL Olivenöl, kaltgepreßt
1 kleine Zwiebel
1 Knoblauchzehe
1 Büschel Basilikum
3 eingelegte Sardellenfilets
1 Dose Thunfisch (ca. 150 g)
500 g frische, reife Tomaten
ca. 8 grüne Oliven
Salz
frisch gemahlener Pfeffer
400 g Linguine

ZUBEREITUNGSZEIT

ca. 45 Minuten

Die Tomaten überbrühen, enthäuten und kleinwürfelig schneiden. Zwiebel, Knoblauch und Basilikum fein hacken.
Das Olivenöl in eine Pfanne geben und Zwiebel, Knoblauch und Basilikum darin hell anrösten. Die Sardellenfilets hinzufügen und mit einer Gabel zerdrücken. Den Thunfisch dazugeben und kurz dünsten. Dann die Tomaten einrühren und etwa 5 Minuten kochen lassen. Die Oliven entkernen, zur Thunfischsauce geben, mit Salz und Pfeffer würzen und noch weitere 15 Minuten langsam kochen.
Inzwischen die Linguine in sprudelnd kochendem Salzwasser »al dente« garen. Anschließend die Nudeln abseihen und mit der fertigen Sauce vermengen. Heiß zu Tisch bringen.

Tagliatelle al mascarpone

ZUTATEN FÜR 4 PERSONEN

50 g Butter
1/2 Zwiebel
4 Scheiben Naturschinken (ca. 80 g)
300 g Mascarpone
50 g Parmesankäse
Salz
frisch gemahlener Pfeffer
400 g Tagliatelle

ZUBEREITUNGSZEIT

ca. 25 Minuten

Einen großen Topf voll Wasser für die Nudeln zum Kochen bringen.
Die Butter in einer Pfanne zerlassen. Den klein gehackten Schinken und die fein geschnittene Zwiebel dazugeben und bei niedriger Temperatur 8–10 Minuten dünsten.
Inzwischen Mascarpone und Parmesankäse im Wasserbad unter ständigem Rühren erwärmen, bis sich eine glatte Creme bildet. Anschließend die gekochten Tagliatelle mit der heißen Käsesauce vermischen, die Schinken-Zwiebel-Mischung dazugeben und nochmals gründlich umrühren. Mit etwas Pfeffer würzen und sofort servieren.

Orecchiette alla rucola

Orecchiette mit Rauke

ZUTATEN FÜR 4 PERSONEN

400 g Rucola (oder Mangold)
3 EL Olivenöl, kaltgepreßt
2 Knoblauchzehen
500 g frische, reife Tomaten
Salz
frisch gemahlener Pfeffer
400 g Orecchiette
50 g frisch geriebener Pecorinokäse

ZUBEREITUNGSZEIT

ca. 35 Minuten

Rucola waschen und etwa 8 Minuten in reichlich Salzwasser kochen. Dann das Gemüse mit einem Schaumlöffel herausnehmen und klein schneiden. In demselben Kochwasser die Orecchiette »al dente« garen.
Die Tomaten überbrühen, enthäuten und fein hacken. Die geschälten Knoblauchzehen mit einer Gabel zerdrücken und im Olivenöl hell anrösten. Danach die Knoblauchzehen wieder entfernen. Die Tomaten zugeben, mit Salz und Pfeffer würzen und 15–20 Minuten langsam einkochen lassen.
Anschließend die abgeseihten Nudeln und das Rucolagemüse zur Tomatensauce geben und alles kräftig vermischen. Mit Pecorinokäse bestreuen und in einer vorgewärmten Servierschüssel zu Tisch bringen.
Zur Abwechslung können Sie auch eine in Würfel geschnittene Mozzarella oder einen sonstigen Frischkäse unter die Nudeln mischen.

Linguine alla vesuviana

ZUTATEN FÜR 4 PERSONEN

4 EL Olivenöl, kaltgepreßt
1 kleine Zwiebel
2 Knoblauchzehen
500 g frische, reife Tomaten
1 Büschel Basilikum
1 Büschel Petersilie
8 schwarze, entkernte Oliven
8 grüne, entkernte Oliven
1 Mozzarella (Bufala)
400 g Linguine
Salz
frisch gemahlener Pfeffer

ZUBEREITUNGSZEIT

ca. 40 Minuten

Die Tomaten überbrühen, enthäuten und in kleine Würfel schneiden. Die Kräuter sauber waschen, Stengel entfernen und fein hacken. Ebenso Zwiebel und Knoblauch fein hacken.
Kräuter, Zwiebel und Knoblauch in Olivenöl hell anrösten. Die Tomaten zugeben, mit Salz und Pfeffer würzen und ca. 15 Minuten langsam einkochen lassen.
Inzwischen die Nudeln in reichlich kochendem Salzwasser »al dente« garen. Die Mozzarella kleinwürfelig schneiden und die Oliven klein hacken. Die Oliven 5 Minuten vor Kochende unter die Tomatensauce mischen.
Die gekochten Nudeln abgießen und gut abtropfen lassen. Dann in eine vorgewärmte Servierschüssel füllen, die Mozzarellawürfel darüberstreuen und mit der Tomatensauce vermengen. Je nach Geschmack mit geriebenem Parmesankäse bestreuen. Sehr heiß servieren.

Penne con verdure tritate e pomodoro

Penne mit gehacktem Gemüse und Tomaten

ZUTATEN FÜR 4 PERSONEN

4 EL Olivenöl
1 kleine Zwiebel
1 Knoblauchzehe
1 Karotte
1 mittelgroßer Zucchino
2 Selleriestengel
1 Büschel Basilikum
550 g frische, reife Tomaten
Salz
frisch gemahlener Pfeffer
400 g Penne
4 EL frisch geriebener Parmesankäse

ZUBEREITUNGSZEIT

ca. 1 Stunde

Die Tomaten überbrühen, enthäuten und in kleine Würfel schneiden. Das Gemüse gründlich waschen.
Zwiebel und Knoblauch fein hacken; ebenso Karotte, Zucchino, Selleriestengel und Basilikum.
Die vorbereiteten Tomaten in einen Topf geben; Zwiebel, Knoblauch, Karotten, Zucchini, Sellerie und Basilikum hinzufügen. Das Olivenöl dazugeben, etwas salzen und pfeffern und ca. 40 Minuten auf schwacher Flamme stetig köcheln lassen. Hin und wieder umrühren.
In der Zwischenzeit die Penne in sprudelnd kochendem, gesalzenem Wasser »al dente« garen. Die fertige Gemüsesauce mit den abgeseihten Nudeln und dem Parmesankäse vermischen und heiß servieren.

Spaghetti al pomodoro e basilico

Spaghetti mit Tomaten und Basilikum

ZUTATEN FÜR 4 PERSONEN

$1/2$ Zwiebel
2 Knoblauchzehen
3 EL Olivenöl, kaltgepreßt
650 g frische, reife Tomaten
1 Büschel Basilikum
Salz
frisch gemahlener Pfeffer
400 g Spaghetti
50 g frisch geriebener Parmesankäse

ZUBEREITUNGSZEIT

ca. 35 Minuten

Die Zwiebel klein hacken; die Knoblauchzehen schälen und mit einer Gabel zerdrücken.
Die Tomaten überbrühen, enthäuten und in kleine Würfel schneiden.
Das Olivenöl in einer Pfanne auf mittlerer Flamme erhitzen. Die Zwiebelwürfel darin glasig dünsten. Die Knoblauchzehen zufügen und nach ca. 30 Sekunden entfernen. Anschließend die Tomaten einrühren; mit Salz und Pfeffer würzen und ca. 20–25 Minuten auf kleiner Flamme kochen lassen.
Kurz vor Garzeit die klein geschnittenen Basilikumblätter unterrühren.
Unterdessen die Spaghetti in sprudelnd kochendem, gesalzenem Wasser ca. 8 Minuten kochen. Anschließend in einem Sieb gründlich abtropfen lassen.
Die Spaghetti zusammen mit dem Parmesankäse zur Tomatensauce geben und alles gründlich mit einem Holzlöffel verrühren.
Die fertige Pasta in eine vorgewärmte Servierschüssel geben und heiß servieren.

Spaghetti al pomodoro crudo

Spaghetti mit frischen Tomaten

ZUTATEN FÜR 4 PERSONEN

500 g frische Tomaten
3 EL Olivenöl, kaltgepreßt
1 Büschel Basilikum
1 Zweig frischer Oregano
Salz
frisch gemahlener Pfeffer
400 g Spaghetti

ZUBEREITUNGSZEIT

ca. 35 Minuten

Die Tomaten überbrühen, enthäuten und in kleine Würfel schneiden. Basilikum und Oregano fein hacken und zusammen mit den Tomaten in eine Schüssel geben. Das Olivenöl hinzufügen, mit Salz und Pfeffer würzen und alles ca. $1/2$ Stunde marinieren lassen.
In der Zwischenzeit einen großen Topf mit Wasser zum Kochen bringen. Das kochende Wasser salzen, die Spaghetti einstreuen und ca. 8 Minuten kochen. Danach die abgeseihten Spaghetti mit der Marinade vermischen. Zum Schluß noch ein wenig pfeffern und falls nötig noch mit etwas Olivenöl beträufeln. Ohne geriebenen Käse servieren.

Bucatini all'amatriciana

Bucatini mit Speck, Tomaten und Peperoncino

ZUTATEN FÜR 4 PERSONEN

1 Zwiebel
1 Knoblauchzehe
60 g geräucherter Bauchspeck (pancetta)
60 g gekochter Schinken
3 EL Olivenöl, kaltgepreßt
1 Stückchen Peperoncino
500 g Pelati (eingelegte Tomaten)
Salz
frisch gemahlener Pfeffer
1 EL weiche Butter
60 g frisch geriebener Pecorinokäse
400 g Bucatini

ZUBEREITUNGSZEIT

ca. 25 Minuten

Die Zwiebel fein hacken. Den Bauchspeck und den Schinken in kleine Würfel schneiden.
Die Zwiebel und die mit einer Gabel zerdrückte Knoblauchzehe im Olivenöl auf kleiner Flamme hell anrösten. Dann Knoblauch wieder entfernen. Den Bauchspeck in einer Pfanne auf niedriger Flamme hell anbräunen; dann überschüssiges Fett abgießen; den Schinken dazugeben und eine weitere Minute rösten. Die Zwiebel hinzufügen; mit Salz und Pfeffer würzen, dann die Pelati und den fein gehackten Peperoncino unterrühren. Bei mäßiger Temperatur ca. 15 Minuten kochen.
Indessen die Nudeln in Salzwasser »al dente« garen. Danach gründlich in einem Sieb abtropfen lassen. Die Bucatini mit der Butter und dem geriebenen Pecorinokäse zur Tomatensauce geben und alles gut miteinander vermischen. Heiß servieren.

Paglia e fieno con prosciutto

Heu und Stroh mit Schinken

ZUTATEN FÜR 4 PERSONEN

50 g Butter
100 g gekochter Naturschinken
ca. 200 ml flüssige Sahne
60 g Parmesankäse
1–2 Eigelb
Salz
frisch gemahlener Pfeffer
400 g grüne und gelbe Bandnudeln

ZUBEREITUNGSZEIT

ca. 30 Minuten

Einen großen Topf Wasser für die Nudeln zum Kochen bringen. Auf mittlerer Flamme die Butter in einer breiten Pfanne zerlassen. Den feingewürfelten Schinken einstreuen und 2 Minuten sautieren. Danach die Sahne angießen und den geriebenen Parmesankäse unterrühren. Mit Salz und Pfeffer würzen und alles gut umrühren, bis der Käse zerläuft und die Sauce etwas dicklich wird.
Die inzwischen »al dente« gekochten Bandnudeln in die Pfanne zur Sauce geben und alles miteinander vermischen. Zum Schluß das Eigelb hinzufügen und nochmals kräftig umrühren
Das Gericht auf die einzelnen Teller verteilen und servieren.

Penne ai quattro formaggi

Penne mit vier Käsesorten

ZUTATEN FÜR 4 PERSONEN

1 Mozzarella
50 g Bel-Paese-Käse
50 g Fontinakäse
50 g Parmesankäse, gerieben
60 g Butter
1 Tasse flüssige Sahne
Salz
frisch gemahlener Pfeffer
350 g Penne

ZUBEREITUNGSZEIT

ca. 35 Minuten

Die Käsestücke in kleine Würfel schneiden.
In der Zwischenzeit die Nudeln in sprudelnd kochendem, gesalzenem Wasser »al dente« garen.
Die Butter in einer Pfanne bei niedriger Temperatur zerlassen; die gekochten Nudeln hinzufügen und mit einem Holzlöffel gut umrühren. Nun die Käsestückchen und den geriebenen Parmesankäse dazugeben. Alles kräftig durchrühren und die Sahne angießen. Mit Salz und Pfeffer würzen und ständig weiterrühren, bis sich die Käsestückchen cremig auflösen. Heiß servieren.

Spaghetti alla puttanesca

ZUTATEN FÜR 4 PERSONEN

4 EL Olivenöl, kaltgepreßt
2 Knoblauchzehen
450 g Pelati (eingelegte Tomaten)
3 eingelegte Sardellenfilets
1 Büschel Petersilie
1 EL Kapern
40 g schwarze entkernte Oliven
1 Stückchen Peperoncino (Pfefferschote)
Salz
frisch gemahlener Pfeffer
400 g Spaghetti

ZUBEREITUNGSZEIT

ca. 30 Minuten

Kapern, Oliven und die gewaschene Petersilie getrennt feinhacken. Die geschälten, mit einer Gabel zerdrückten Knoblauchzehen im Olivenöl hell anrösten. Danach die Knoblauchzehen wieder entfernen. Die Sardellenfilets dazugeben und ebenfalls mit der Gabel zerdrücken. Oliven und Kapern hinzufügen; dann die Tomaten und den Peperoncino unterrühren. Mit Salz und Pfeffer würzen und bei mittlerer Temperatur ca. $^{1}/_{4}$ Stunde langsam einkochen lassen. Kurz vor der Garzeit die fein geschnittene Petersilie untermischen.
Inzwischen die Spaghetti in sprudelnd kochendem Salzwasser »al dente« kochen; dann abgießen und sorgfältig mit der Tomatensauce vermischen. Kurz einziehen lassen, dann in eine vorgewärmte Servierschüssel füllen und heiß zu Tisch bringen.

Spaghetti con burro e cipolla

Spaghetti mit Butter und Zwiebel

ZUTATEN FÜR 4 PERSONEN

650 g frische, reife Tomaten
50 g Butter
1 Zwiebel, mittelgroß
Salz
400 g Spaghetti
frisch geriebener Parmesankäse

ZUBEREITUNGSZEIT

ca. 40 Minuten

Die Tomaten überbrühen, enthäuten und kleinwürfelig schneiden. Die Zwiebel schälen und in zwei Hälften teilen.
Die Tomaten in einen Topf geben; Butter und Zwiebel hinzufügen, mit Salz würzen und ca. 20–25 Minuten stetig köcheln lassen. Dabei öfters mit einem Holzlöffel umrühren. In der Zwischenzeit die Spaghetti in sprudelnd kochendem Salzwasser »al dente« garen. Sobald die Tomaten-Zwiebel-Sauce eingedickt ist, die Zwiebelstücke entfernen und die gekochten Spaghetti in der Sauce wenden. Sofort zu Tisch bringen und ein Schüsselchen geriebenen Parmesankäse getrennt dazureichen.

Linguine al pesto

ZUTATEN FÜR 4 PERSONEN

150 ml Olivenöl, kaltgepreßt
1–2 Knoblauchzehen
80 g frisches Basilikum
30 g Petersilie
30 g Pinienkerne
50 g frisch geriebener Pecorinokäse
50 g frisch geriebener Parmesankäse
Meersalz
frisch gemahlener Pfeffer
400 g Linguine

ZUBEREITUNGSZEIT

ca. 25 Minuten

Die Basilikumblätter waschen und trocknen. Die geschälten Knoblauchzehen, Petersilie, Basilikum und Pinienkerne mit einem Holzstampfer zerstoßen. Nach und nach etwas Olivenöl einfließen lassen, bis ein glattes Püree entsteht. Dann Pecorino- und Parmesankäse, eine Prise Salz und etwas Pfeffer untermengen.
Die Nudeln inzwischen in reichlich Salzwasser »al dente« kochen und anschließend abseihen. Den Pesto in eine vorgewärmte große Schüssel geben; die Linguine zufügen und alles gründlich miteinander vermischen. Sofort servieren und ein Schüsselchen geriebenen Parmesankäse getrennt dazureichen.
Abwandlung: PESTO MIT RICOTTA
Der Milchgeschmack der Ricotta macht den Pesto leichter und frischer.
Fügen Sie den Zutaten des Pesto-Rezepts noch 3 Eßlöffel Ricotta und 30 g Butter hinzu.

Rigatoni con spinaci, ricotta e prosciutto

Rigatoni mit Spinat, Topfen und Schinken

ZUTATEN FÜR 4 PERSONEN

700 g frischer Spinat
80 g Butter
50 g gekochter Naturschinken, fein gehackt
1 Messerspitze geriebene Muskatnuß
80 g frischer Topfen
Salz
400 g Rigatoni
50 g frisch geriebener Parmesankäse

ZUBEREITUNGSZEIT

ca. 35 Minuten

Den Spinat waschen; die Blätter von den Stielen abzupfen. Die Spinatblätter in Salzwasser ca. 5 Minuten gar kochen. Das Wasser ausdrücken; ziemlich fein hacken und beiseite stellen.
Die Hälfte der Butter in eine Pfanne geben und auf mittlere Flamme schalten. Sobald die Butter zerlassen ist, den Schinken dazugeben, ein paarmal wenden; dann den Spinat hinzufügen, gut salzen und bei lebhafter Flamme ca. 2 Minuten dünsten. Dabei immer wieder umrühren.
Die Pfanne vom Herd nehmen und die geriebene Muskatnuß untermischen. Die inzwischen gekochten Nudeln zusammen mit dem Topfen, der restlichen Butter und dem geriebenen Parmesankäse mit dem Spinat gründlich vermischen und sofort zu Tisch bringen. Geriebenen Parmesan getrennt dazureichen.

Maccheroni al gorgonzola

ZUTATEN FÜR 4 PERSONEN

140 g milder cremiger Gorgonzolakäse
ca. 1 Glas flüssige Sahne
20 g Butter
Salz
frisch gemahlener Pfeffer
etwas feingeschnittene Petersilie
400 g Maccheroni

ZUBEREITUNGSZEIT

ca. 30 Minuten

Während die Nudeln in reichlich Salzwasser kochen, den Gorgonzolakäse in kleine Stückchen schneiden.
In einem Topf im Wasserbad Butter, Sahne und Käsewürfel unter Rühren erwärmen, bis sich eine sämige Creme bildet. (Die Mischung darf unter keinen Umständen kochen!)
Mit etwas Salz und Pfeffer würzen; dann die inzwischen »al dente« gegarten Maccheroni abseihen und in den Topf mit der Käsesauce geben. Alles kräftig durchmischen, so daß die Nudeln die Sauce gut aufnehmen. Nach Belieben mit Petersilie bestreuen und heiß servieren.

Spaghetti aglio, olio e peperoncino

Spaghetti mit Knoblauch, Olivenöl und Peperoncino

ZUTATEN FÜR 4 PERSONEN

4 EL Olivenöl, kaltgepreßt
2 Knoblauchzehen
1 kleiner Peperoncino (Pfefferschote)
1 gehäufter EL fein geschnittene Petersilie
Salz
400 g Spaghetti

ZUBEREITUNGSZEIT

ca. 20 Minuten

Die Spaghetti in einem großen Topf mit sprudelnd kochendem, gesalzenem Wasser »al dente« garen; anschließend abseihen.
In der Zwischenzeit in einer breiten Pfanne das Olivenöl leicht erhitzen; die mit einer Gabel zerdrückten Knoblauchzehen zufügen und hell anrösten. Danach die Knoblauchzehen wieder entfernen. Anschließend die abgeseihten Nudeln und den fein gehackten Peperoncino in die Pfanne geben und alles mit einem Holzlöffel gut vermischen. Mit Salz würzen, die Petersilie hinzufügen, nochmals wenden und ohne geriebenen Käse servieren.

Tagliolini mit Pfifferlingen und Tomaten

ZUTATEN FÜR 4 PERSONEN

500 g frische Pfifferlinge
3 mittelgroße Tomaten
1 Knoblauchzehe
2 EL fein geschnittene Petersilie
20 g Butter
2 EL Olivenöl, kaltgepreßt
100 ml trockener Weißwein
Salz
frisch gemahlener Pfeffer
400 g Tagliolini

ZUBEREITUNGSZEIT

ca. 45 Minuten

Die Pfifferlinge putzen und aufschneiden. Die Tomaten überbrühen, enthäuten und in Würfel schneiden.
Butter und Öl in eine Pfanne geben und bei mittlerer Flamme erhitzen. Die Schwämme hinzufügen und ca. 8 Minuten schmoren. Den fein gehackten Knoblauch und die Petersilie einrühren. Den Weißwein aufgießen und 2 Minuten verdampfen lassen. Die Tomatenwürfel zugeben, mit Salz und Pfeffer würzen und weitere 20 Minuten dünsten, bis die Sauce eingedickt ist.
Die inzwischen »al dente« gegarten Tagliolini mit der Schwammerlsauce anrichten und servieren.

Risotti

Spargel-Risotto

Spargel-Risotto

ZUTATEN FÜR 4 PERSONEN

300 g Rundkornreis
20 grüne Spargelstangen
2 EL Olivenöl, kaltgepreßt
30 g Butter
1/2 Zwiebel
1 kleinen Selleriestengel
ca. 3/4 l Fleischbrühe
50 g frisch geriebener Parmesankäse
2 EL gehackte Petersilie
Salz
frisch gemahlener Pfeffer

ZUBEREITUNGSZEIT

ca. 40 Minuten

Die Spargelstangen schälen, holzige Teile entfernen und in 1 1/2 cm lange Stücke schneiden.
Das Olivenöl bei mittlerer Temperatur erhitzen und darin die feingewürfelte Zwiebel und den kleingehackten Selleriestengel kurz andünsten. Die Spargelstücke hinzufügen, mit etwas Salz und Pfeffer würzen und ca. 5 Minuten sautieren. Anschließend den Reis dazugeben und mit einem Holzlöffel rühren, bis er glasig wird. Nach und nach die warme Fleischbrühe dazugießen und rühren, bis der Reis cremig und weich, aber noch körnig ist. Falls nötig, etwas nachsalzen.
Die Kochzeit beträgt ca. 15–20 Minuten. Sobald der Reis gar ist, den Topf vom Herd nehmen und den geriebenen Parmesankäse und die Butter unter kräftigem Rühren untermischen. Eventuell noch 2 Eßlöffel Fleischbrühe einrühren, so daß der Reis seine cremige Konsistenz erhält.
Den fertigen Spargel-Risotto mit gehackter Petersilie bestreuen und sofort zu Tisch bringen.

Risotto mit Steinpilzen

ZUTATEN FÜR 4 PERSONEN

300 g Rundkornreis
300 g frische Steinpilze
3 EL Olivenöl, kaltgepreßt
30 g Butter
1 EL fein gehackte Zwiebeln
1 Knoblauchzehe
120 ml trockener Weißwein
ca. 3/4 l Fleischbrühe
1 Büschel Petersilie
50 g frisch geriebener Parmesankäse
Salz
frisch gemahlener Pfeffer

ZUBEREITUNGSZEIT

ca. 40 Minuten

Mit einem Messer die Steinpilze säubern; die Stiele abschaben und die Köpfe mit einem feuchten Tuch abreiben (nicht waschen).
Die fein geschnittene Zwiebel und die mit einer Gabel zerdrückte Knoblauchzehe in Olivenöl goldgelb dünsten. Danach die Knoblauchzehe wieder entfernen. Die in Scheiben geschnittenen Pilze hinzufügen, salzen und pfeffern und bei mittlerer Temperatur ca. 5–7 Minuten sautieren. Mit dem Weißwein ablöschen und 1 Minute verdampfen lassen. Dann den Reis beimengen, mit einem Holzlöffel verrühren und einsaugen lassen. 2 Schöpfkellen warme Fleischbrühe zugießen und den Reis unter Rühren kochen.
Sobald der Reis die Brühe aufgesogen hat, wieder 1 Schöpfkelle zugießen und rühren, bis die Brühe vom Reis absorbiert wird. Den Kochgang auf diese Weise vollenden. Das dauert etwa 15–20 Minuten.
Zuletzt Butter, Petersilie und Parmesankäse unterziehen und noch 2 Minuten zugedeckt ziehen lassen.

Risotto mit Tomaten und Mozzarella

ZUTATEN FÜR 4 PERSONEN

300 g Rundkornreis
3 EL Olivenöl, kaltgepreßt
30 g Butter
1/2 kleine Zwiebel
1 Knoblauchzehe
3–4 frische, reife Tomaten
1 Büschel Basilikum
50 g frisch geriebener Parmesankäse
1 Mozzarella
Salz
frisch gemahlener Pfeffer

ZUBEREITUNGSZEIT

ca. 35 Minuten

Die Mozzarella in kleine Würfel schneiden. Die Tomaten überbrühen, enthäuten und klein würfeln. Die Zwiebel klein hacken und zusammen mit dem Knoblauch im Olivenöl hell andünsten. Danach den Knoblauch wieder entfernen. Anschließend die Tomatenwürfel hinzufügen und mit Salz und Pfeffer würzen. Bei mittlerer Temperatur etwa 5 Minuten unter Rühren kochen lassen. Dann das fein geschnittene Basilikum untermischen und eine weitere Minute kochen.
Den Reis in Salzwasser kochen und kurz vor der üblichen Garzeit abseihen und zur Tomatensauce geben. Alles gut verrühren und einziehen lassen. Zum Schluß den Parmesankäse, die Butter und die Mozzarellawürfel untermischen. Heiß zu Tisch bringen.

Risotto mit Radicchio

ZUTATEN FÜR 4 PERSONEN

300 g Rundkornreis
3 EL Olivenöl, kaltgepreßt
30 g Butter
3 Köpfe Radicchio Trevigiano
1/2 kleine Zwiebel
100 ml trockener Weißwein
ca. 3/4 l Fleischbrühe
50 g frisch geriebener Parmesankäse
Salz
frisch gemahlener Pfeffer

ZUBEREITUNGSZEIT

ca. 35 Minuten

Die Zwiebel fein hacken. Radicchio waschen und grob zerschneiden.
In einer Pfanne das Olivenöl leicht erhitzen. Die Zwiebel darin bei mittlerer Temperatur glasig werden lassen. Den Radicchio dazugeben, mit Salz und Pfeffer würzen und 2–3 Minuten dünsten. Mit dem Weißwein ablöschen und ca. 1–2 Minuten verdampfen lassen. Dann den Reis beimengen, gut umrühren und gut einsaugen lassen. Nun so lange etwas warme Fleischbrühe nachgießen, bis der Reis gar ist. Das dauert ca. 15–20 Minuten. Zum Schluß die Butter und den geriebenen Parmesankäse untermischen. Das Gericht sofort servieren.

Risotto alla parmigiana

ZUTATEN FÜR 4 PERSONEN

350 g Rundkornreis
2 EL Olivenöl, kaltgepreßt
30 g Butter
1 kleine Zwiebel
ca. 3/4 l Fleischbrühe
60 g frisch geriebener Parmesankäse
Salz
frisch gemahlener Pfeffer

ZUBEREITUNGSZEIT

ca. 25 Minuten

Die Zwiebel kleinwürfelig schneiden und im Olivenöl bei mittlerer Temperatur hell andünsten. Den Reis dazugeben, mit einem Holzlöffel verrühren und gut einsaugen lassen. Mit zwei Schöpfkellen warmer Fleischbrühe aufgießen und den Reis unter ständigem Rühren kochen. Sobald der Reis die Brühe aufgesogen hat, immer wieder etwas zugießen, bis der Reis schön cremig und weich ist. Dabei das ständige Rühren nicht vergessen! Die Kochzeit beträgt ca. 15–20 Minuten.
Anschließend den Topf vom Herd nehmen. Mit Salz und Pfeffer abschmecken. Butter und geriebenen Parmesankäse untermischen und falls nötig noch 2–3 Eßlöffel Fleischbrühe einrühren. Den Risotto sofort servieren und ein Schüsselchen Parmesankäse getrennt dazureichen.

Risotto mit Mangold

ZUTATEN FÜR 4 PERSONEN

300 g Rundkornreis
3 EL Olivenöl, kaltgepreßt
1/2 kleine Zwiebel
350 g Mangold oder Blattspinat
ca. 3/4 l Fleischbrühe oder Wasser
50 g frisch geriebener Parmesankäse
Salz
frisch gemahlener Pfeffer

ZUBEREITUNGSZEIT

ca. 30 Minuten

Die Zwiebel klein hacken. Das Blattgemüse waschen, putzen und grob zerschneiden.
In einer Pfanne das Olivenöl bei mittlerer Temperatur erhitzen. Zwiebel und Mangold dazugeben und ca. 5 Minuten unter Rühren dünsten. Den Reis zufügen, gut durchmischen und aufsaugen lassen. Mit zwei Schöpfkellen warmer Fleischbrühe übergießen und unter ständigem Rühren dünsten, bis die Flüssigkeit weitgehend aufgenommen ist. Nach und nach immer wieder etwas Brühe zugießen, bis der Reis gar ist. Die Kochzeit beträgt ca. 15–20 Minuten. Den Topf vom Herd nehmen, salzen und pfeffern und den geriebenen Parmesankäse unterrühren. Mit geschlossenem Deckel 2 Minuten ziehen lassen; dann servieren.
Sie können anstelle des geriebenen Parmesankäses auch eine Mozzarella oder einen sonstigen Frischkäse, in kleine Würfel geschnitten, unter den fertigen Reis rühren.

Risotto mit Lauch

ZUTATEN FÜR 4 PERSONEN

300 g Rundkornreis
2 EL Olivenöl, kaltgepreßt
30 g Butter
350 g Lauch
ca. 3/4 l Fleischbrühe oder Wasser
100 g Fontinakäse
einige Blätter Basilikum
Salz

ZUBEREITUNGSZEIT

ca. 35 Minuten

Den Lauch waschen und in 1 cm breite Ringe schneiden. Das Olivenöl bei mittlerer Temperatur erhitzen und den Lauch darin kurz andünsten. Den Reis zugeben, mit einem Holzlöffel verrühren und gut einsaugen lassen.
Nach und nach mit soviel Fleischbrühe aufgießen, wie sie vom Reis aufgesogen werden kann. Dabei immer wieder umrühren. Der Kochvorgang dauert ca. 15–20 Minuten.
Anschließend den Topf vom Herd nehmen. Mit Salz abschmecken; den in Würfel geschnittenen Fontinakäse, die Butter und das klein gehackte Basilikum untermischen und noch 1 Minute ziehen lassen. Heiß auftragen.

Risotto al chianti

ZUTATEN FÜR 4 PERSONEN

300 g Rundkornreis
3 EL Olivenöl, kaltgepreßt
30 g Butter
1/2 kleine Zwiebel
ca. 3/4 l Fleischbrühe
ca. 160 ml Chianti
60 g frisch geriebener Parmesankäse
Salz
frisch gemahlener Pfeffer

ZUBEREITUNGSZEIT

ca. 25 Minuten

Die Zwiebel fein hacken. In einem Topf bei mittlerer Temperatur das Olivenöl erhitzen; die Zwiebeln dazugeben und glasig werden lassen. Den Reis zufügen und mit einem Holzlöffel rühren, bis er vom Öl überzogen ist. Etwas Rotwein und zwei Schöpfkellen warme Fleischbrühe zugießen, so daß der Reis schön mit Flüssigkeit bedeckt ist. Sobald er den Fond aufgenommen hat, wiederum etwas Wein und Fleischbrühe nachgießen. Ständig mit dem Holzlöffel durchmischen und den Garvorgang auf diese Art vollenden. Das dauert ca. 15–20 Minuten. Dann den Topf vom Herd nehmen und mit Salz und Pfeffer würzen.
Zum Schluß Parmesankäse und Butter unterrühren und noch 2 Minuten mit geschlossenem Deckel ziehen lassen. Den fertigen Risotto in eine vorgewärmte Servierschüssel umfüllen und servieren.

Frühlings-Risotto

ZUTATEN FÜR 4 PERSONEN

250 g Rundkornreis
3 EL Olivenöl, kaltgepreßt
30 g Butter
2 EL gehackte Zwiebel
1 Knoblauchzehe
1 kleine Lauchstange
1 Selleriestengel
2 kleine Zucchini
2 mittelgroße Tomaten
5–6 grüne Spargelstangen
100 g Champignons
4 Artischockenherzen
½ roten Peperoni (Paprikaschote)
ca. ¾ l Fleischbrühe
50 g frisch geriebener Parmesankäse
Salz
frisch gemahlener Pfeffer

ZUBEREITUNGSZEIT

ca. 40 Minuten

Das gesamte Gemüse gründlich säubern. Die Lauchstange (nur das Weiße) und die Champignons in dünne Scheiben schneiden. Selleriestengel, Zucchini und Tomaten klein würfeln; ebenso den Peperoni. Die Spargelstangen schälen und in 1½ cm große Stücke schneiden. Die Artischockenherzen waschen und in dünne Streifen schneiden.
Zwiebel und Knoblauch im Olivenöl kurz andünsten. Danach die Knoblauchzehe wieder entfernen. Das klein geschnittene Gemüse dazugeben, salzen und pfeffern und ca. 5 Minuten unter ständigem Rühren dünsten. Den Reis beimengen; mit einem Holzlöffel kräftig umrühren und alles gut einsaugen lassen.
Nach und nach mit soviel warmer Fleischbrühe aufgießen, wie sie vom Reis aufgesogen werden kann. Zwischendurch immer wieder umrühren. Die Garzeit beträgt etwa 15–20 Minuten. Anschließend den Topf vom Herd nehmen; Butter und Parmesankäse unter den Gemüsereis mischen. 2–3 Eßlöffel Brühe einrühren, so daß der Risotto cremig wird.
Heiß servieren und eine Schale geriebenen Parmesankäse getrennt dazureichen.

Reis-Orangen

ZUTATEN FÜR 4 PERSONEN

Rezeptmenge siehe
Risotto alla parmigiana
ein Ei
ca. 50 g Semmelbrösel
etwas Mehl
1 Mozzarella
Salz
Öl zum Backen

ZUBEREITUNGSZEIT

ca. 40 Minuten

Die Mozzarella in größere Würfel schneiden. Den Risotto zu tischtennisballgroßen Kugeln formen. In jede Kugel mit dem Zeigefinger ein Loch bohren, einen Mozzarellawürfel hineingeben und wieder zum Ball formen. Dann die Kugeln in Mehl drehen. Das Ei und etwas Salz in einem Teller verquirlen; die Reiskugeln darin wenden und anschließend in den Brotbröseln wälzen. In gutem, heißem Öl knusprig backen. Zum Entfetten kurz auf Küchenpapier legen. Heiß auftragen und dazu eine Schüssel Salat servieren.
Diese Reis-Orangen sind auch eine gute Verwendung für übriggebliebenen Risotto alla parmigiana.

Risotto mit Chicorée

ZUTATEN FÜR 4 PERSONEN

300 g Rundkornreis
5 EL Olivenöl, kaltgepreßt
30 g Butter
1/2 kleine Zwiebel
3 belgische Chicorée
1 TL Mehl
50 ml trockener Weißwein
ca. 1 l Fleischbrühe
frisch geriebener Parmesankäse
Salz
frisch gemahlener Pfeffer
1 EL gehackte Petersilie

ZUBEREITUNGSZEIT

ca. 40 Minuten

Den Chicorée putzen, waschen und in Streifen schneiden. 3 Eßlöffel Olivenöl in einer Pfanne erhitzen; den Chicorée zufügen und mit Salz und Pfeffer würzen. Etwa 10 Minuten dünsten lassen, bis der Chicorée leicht gebräunt ist. Zwischendurch immer wieder umrühren. Dann mit dem Mehl anstäuben und dem Weißwein ablöschen. Ein bis zwei Schöpfkellen warme Fleischbrühe zugießen und weitere 5–10 Minuten dünsten. Dann beiseite stellen und warm halten.
In der Zwischenzeit den Reis wie Risotto alla parmigiana zubereiten. Den fertigen Reis auf tiefe Teller verteilen, mit dem Chicoréegemüse belegen und etwas Petersilie darüberstreuen.

Risotto alla milanese

ZUTATEN FÜR 4 PERSONEN

350 g Rundkornreis
2 EL Olivenöl, kaltgepreßt
30 g Butter
1/2 Zwiebel
120 ml trockener Weißwein
1 Prise Safranpulver
ca. 3/4 l Fleischbrühe
Salz
frisch gemahlener Pfeffer
60 g frisch geriebener Parmesankäse

ZUBEREITUNGSZEIT

ca. 25 Minuten

Die Zwiebel fein hacken. Anschließend die Zwiebel im Olivenöl goldgelb andünsten. Dann den Reis beifügen und etwas aufsaugen lassen. Dann den Weißwein hinzugießen und verdampfen lassen. Dabei ständig mit einem Holzlöffel rühren. Den Safran in einer Schöpfkelle heißer Fleischbrühe auflösen und zum Reis geben. Etwa 15–20 Minuten kochen lassen; dabei nach und nach mit Fleischbrühe aufgießen. Sobald der Reis gar ist, den Topf vom Herd nehmen; mit Salz und Pfeffer würzen. Butter und geriebenen Parmesankäse unterrühren und einige Minuten ziehen lassen.

Fleisch

Dünne Rindersteaks
mit frischen Pilzen

Dünne Rindersteaks mit frischen Pilzen

ZUTATEN FÜR 4 PERSONEN

4 dünne Rindersteaks
250 g frische Steinpilze oder Champignons
3 EL Olivenöl, kaltgepreßt
2 Knoblauchzehen
50 ml trockener Weißwein
1 EL frische Thymianblätter
Salz
frisch gemahlener Pfeffer

ZUBEREITUNGSZEIT

ca. 25 Minuten

Die Pilze säubern; mit einem Messer die Stiele abschaben und die Köpfe mit einem feuchten Tuch abreiben (nicht waschen). Anschließend die Pilze in dünne Scheiben schneiden und beiseite stellen.
In einer breiten Pfanne das Olivenöl erhitzen. Die geklopften Steaks darin auf jeder Seite etwa 1 Minute braten. Salzen und pfeffern und mit einem Schaumlöffel auf einen vorgewärmten Teller legen.
Die Pilze und die geschälten Knoblauchzehen in die Pfanne geben, auf mittlere Hitze herunterschalten und die Flüssigkeit verkochen lassen; zwischendurch umrühren. Den Weißwein dazugießen und etwa 1 Minute köcheln lassen. Mit Salz, Pfeffer und Thymian würzen und die Knoblauchzehen herausnehmen.
Auf starke Hitze schalten. Die Steaks samt gesammeltem Saft wiederum in die Pfanne geben; ein paar Mal in der Pilzsauce wenden (nicht länger als 30 Sekunden erhitzen!). Die Steaks auf eine vorgewärmte Servierplatte geben und die Pilze über das Fleisch verteilen; mit Reis oder Salat servieren.

Dünne Rindersteaks in Oliven-Tomaten-Sauce

ZUTATEN FÜR 4 PERSONEN

4 dünne Rindersteaks
3 EL Olivenöl, kaltgepreßt
1 Knoblauchzehe
300 g Pelati (eingelegte Tomaten)
15 grüne, entkernte Oliven
1 Büschel Basilikum
1 EL fein geschnittene Petersilie
Salz
frisch gemahlener Pfeffer

ZUBEREITUNGSZEIT

ca. 25 Minuten

Die Steaks flach klopfen. Die Pelati im Mixer pürieren. Die Oliven in dünne Ringe schneiden.
In einer breiten Pfanne das Olivenöl erhitzen. Die Steaks ins heiße Fett legen; auf jeder Seite etwa 1 Minute braten, salzen und pfeffern und mit einem Schaumlöffel auf einen vorgewärmten Teller legen.
Die geschälte Knoblauchzehe im verbliebenen Bratfett kurz anrösten; dann den Knoblauch wieder entfernen. Das Tomatenpüree sogleich dazugeben; ebenso die Oliven und die gehackten Kräuter. Etwas salzen und pfeffern und auf mittlerer Flamme kochen lassen, bis die Sauce etwas eingedickt ist. Nun die Steaks wieder in die Pfanne geben und in der Sauce wälzen. Sofort servieren.

Kalbskotelett mit Salbeibutter

ZUTATEN FÜR 4 PERSONEN

4 Kalbskoteletts
3–4 EL Olivenöl, kaltgepreßt
Mehl zum Wenden
40 g Butter
1 Zweig Salbei
Salz
frisch gemahlener Pfeffer

ZUBEREITUNGSZEIT

ca. 20 Minuten

Zwei Pfannen zum Braten der Koteletts benutzen. In beiden Pfannen das Olivenöl auf starker Flamme erhitzen.
Die Koteletts in Mehl wenden und ins heiße Fett legen. Von beiden Seiten ca. 5 Minuten schön braun braten. Das Fleisch mit Salz und Pfeffer würzen und auf einem ofenfesten Teller in das vorgeheizte Backrohr stellen.
Das restliche Bratfett aus der Pfanne gießen. Butter und Salbeiblätter hineingeben und auf mittlerer Flamme erhitzen; die Pfanne schwenken, bis die Butter schmilzt und sich eine schöne Sauce bildet.
Die Koteletts aus dem Ofen nehmen, mit der Salbeibutter überziehen und sofort servieren.

Kalbsschnitzel in Tomatensauce

ZUTATEN FÜR 4 PERSONEN

4 Kalbsschnitzel
5–6 EL Olivenöl, kaltgepreßt
1 EL gehackte Zwiebeln
1 Knoblauchzehe
300 g Pelati (eingelegte Tomaten)
2 EL fein geschnittene Petersilie
1 Büschel Basilikum
Salz
frisch gemahlener Pfeffer
50 g geriebener Emmentaler Käse

ZUBEREITUNGSZEIT

ca. 35 Minuten

Den Knoblauch schälen und klein hacken. Die Tomaten im Mixer pürieren.
2–3 Eßlöffel Olivenöl in einer feuerfesten Schüssel auf mittlerer Flamme erhitzen. Zwiebel und Knoblauch darin hell anrösten. Die Tomaten hinzufügen, mit Salz und Pfeffer würzen und ca. 10 Minuten kochen.
In der Zwischenzeit in einer Bratpfanne 2–3 Eßlöffel Olivenöl erhitzen. Die Schnitzel ins heiße Öl legen. Von jeder Seite nicht länger als 1 Minute braten; salzen und pfeffern und anschließend in die gekochte Tomatensauce legen; mit fein gehacktem Basilikum, Petersilie und dem geriebenen Emmentaler Käse bestreuen und im vorgeheizten Backrohr ca. 15 Minuten bei 180 °C überbacken. Mit Reis oder Salat servieren.

Kalbsschnitzel mit Rohschinken und Salbei

ZUTATEN FÜR 4 PERSONEN

8 kleine, dünne Kalbsschnitzel
3–5 EL Olivenöl, kaltgepreßt
30 g Butter
100 g Rohschinken, dünn geschnitten
1 Zweig Salbei
Salz
frisch gemahlener Pfeffer

ZUBEREITUNGSZEIT

ca. 25 Minuten

Die Kalbfleischscheiben, falls nötig, flach klopfen und mit etwas Salz und Pfeffer würzen. Dann die einzelnen Schnitzel jeweils mit einer Scheibe Rohschinken und 1–2 Salbeiblättern belegen. Mit einem Zahnstocher befestigen, damit es nicht verrutscht.
In einer großen, breiten Pfanne das Olivenöl erhitzen. Die Schnitzel ins heiße Fett legen und etwa 2 Minuten braten. Dann vorsichtig wenden und nochmals 1–2 Minuten braten.
Die Schnitzel aus der Pfanne nehmen und sofort auf einen ofenfesten Teller in das vorgeheizte Backrohr geben.
Dann das Bratfett aus der Pfanne gießen. Die Butter hineingeben und 2 Minuten erhitzen; dabei den Bratensatz mit einem Holzlöffel vom Pfannenboden lösen. Die Schnitzel aus dem Ofen nehmen, mit der Bratensauce überziehen und servieren.

Kalbsschnitzel mit Zitronenbutter

ZUTATEN FÜR 4 PERSONEN

4 Kalbsschnitzel
etwas Mehl
2 EL Olivenöl, kaltgepreßt
40 g Butter
1 EL fein geschnittene Petersilie
50 ml Zitronensaft
Salz

ZUBEREITUNGSZEIT

ca. 20 Minuten

Die Schnitzel gleichmäßig klopfen und in Mehl wenden.
Das Olivenöl in einer breiten Pfanne erhitzen. Die Schnitzel hineinlegen und von jeder Seite 1 Minute braten. Mit Salz würzen. Das überschüssige Fett aus der Pfanne gießen und diese samt Schnitzeln wieder zurück auf die Herdplatte stellen.
Das Fleisch mit Zitronensaft beträufeln und die Butter hinzufügen; die Hitze etwas reduzieren und die Petersilie einrühren. Sobald die Butter geschmolzen und die Sauce emulgiert ist, die Schnitzel auf eine vorgewärmte Servierplatte geben. Mit der Zitronenbutter überziehen und sofort servieren.

Kalbsschnitzel mit Tomaten und Mozzarella

ZUTATEN FÜR 4 PERSONEN

4 Kalbsschnitzel
2 Mozzarelle
450 g Pelati (eingelegte Tomaten)
3 EL Olivenöl, kaltgepreßt
2 Knoblauchzehen
1 EL Kapern
2 TL Oregano
Salz
frisch gemahlener Pfeffer

ZUBEREITUNGSZEIT

ca. 25 Minuten

Die Kalbsschnitzel flach klopfen. Die Mozzarelle in Scheiben schneiden und die Pelati im Mixer pürieren. Die Knoblauchzehen schälen und längs halbieren.
Das Olivenöl und den Knoblauch in eine Pfanne geben. Die Schnitzel hineinlegen und alles mit dem Tomatenpüree bedecken. Mit Salz und Pfeffer würzen; Oregano darüberstreuen und die Kapern hinzufügen. Nun die Herdplatte auf mittlere Temperatur schalten und das Ganze so lange kochen lassen, bis die Tomatensauce etwas eingedickt ist. Das dauert etwa 10–15 Minuten. Dann die Mozzarellascheiben auf die Schnitzel verteilen; einen Deckel auf die Pfanne geben und noch so lange weiterkochen, bis der Käse zerläuft. Heiß servieren.

Roastbeefschnitzel in grüner Sauce

ZUTATEN FÜR 4 PERSONEN

4 Roastbeefschnitzel
3 EL Olivenöl, kaltgepreßt
30 g Butter
2–3 eingelegte Sardellenfilets
1 Büschel Petersilie
1 EL Kapern
Saft einer Zitrone
Salz
frisch gemahlener Pfeffer

ZUBEREITUNGSZEIT

ca. 20 Minuten

Die Roastbeefscheiben flach klopfen. Das Öl in einer großen Pfanne erhitzen. Die Schnitzel ins heiße Fett legen und so schnell wie möglich braten (maximal 1 Minute von jeder Seite); mit Salz und Pfeffer würzen. Anschließend die Schnitzel auf einen Teller geben und im vorgeheizten Backofen warm halten.
Das Bratfett aus der Pfanne gießen und diese wieder zurück auf den Herd setzen. Die Sardellenfilets hineingeben und mit einer Gabel zerdrücken. Die fein geschnittene Petersilie, Kapern, Zitronensaft und die weiche Butter hinzufügen. Die Hitze etwas verstärken und eine Minute kochen lassen. Die Roastbeefschnitzel mit der Sauce überziehen und sofort servieren.

Fisch

Meerbarben vom Grill

Meerbarben vom Grill

ZUTATEN FÜR 4 PERSONEN

600 g Meerbarben
5 EL Olivenöl, kaltgepreßt
2 Knoblauchzehen, geschält und gehackt
Saft von einer Zitrone
1 Büschel Petersilie, fein geschnitten
Salz
frisch gemahlener Pfeffer

ZUBEREITUNGSZEIT

ca. 35 Minuten

Die Fische säubern, vorsichtig ausnehmen, waschen und trockentupfen. Knoblauch, Petersilie, Salz, Pfeffer, 3 Eßlöffel Olivenöl und Zitronensaft miteinander vermischen. Die Fische mit der Hälfte der Mischung füllen; den Rest über die Fische verteilen. 10 Minuten stehenlassen.
In der Zwischenzeit die Grillplatte erhitzen. Die Fische darauflegen und von beiden Seiten goldbraun grillen. Anschließend die gegrillten Meerbarben auf einer Platte anrichten, mit Olivenöl beträufeln und heiß servieren.

Gebackene Forellen

ZUTATEN FÜR 4 PERSONEN

4 küchenfertige Forellen
3–6 EL Olivenöl, kaltgepreßt
1 Büschel Petersilie
2 Knoblauchzehen
Saft von einer Zitrone
Salz

ZUBEREITUNGSZEIT

ca. 1 Stunde

Die Fische waschen und trockentupfen. Knoblauch und Petersilie fein hacken. In einem Schüsselchen 3 Eßlöffel Olivenöl, Zitronensaft, Knoblauch, Petersilie und etwas Salz miteinander vermengen und die Fische damit füllen. Die Öffnung behutsam zudrücken, damit die Füllung nicht herausrutscht. Die Fische mit etwas Olivenöl beträufeln und anschließend jede Forelle einzeln in Alufolie einwickeln; jedoch so, daß rundherum etwas Luft bleibt.
Eine ofenfeste Form mit etwas Olivenöl ausschwenken und die verpackten Fische nebeneinander hineinlegen. Die Form in den auf 180 °C vorgeheizten Ofen schieben und etwa 35–40 Minuten gar dünsten. Die fertig gegarten Forellen in der Folie servieren. Dazu Petersilienkartoffeln reichen.

Gegrillte Forellen

ZUTATEN FÜR 4 PERSONEN

4 küchenfertige Forellen
4 EL Olivenöl, kaltgepreßt
4 Lorbeerblätter
1/2 unbehandelte Zitrone
2 EL fein geschnittene Petersilie
Salz
frisch gemahlener Pfeffer

ZUBEREITUNGSZEIT

ca. 30 Minuten

Den Holzkohlen- oder Küchengrill vorheizen.
In die Bauchhöhle der gereinigten Forellen jeweils ein Lorbeerblatt legen. Die Grillplatte mit Olivenöl bestreichen. Anschließend die Forellen darauflegen und von beiden Seiten goldbraun grillen. Zwischendurch einmal mit Salz und Pfeffer würzen.
Die gegrillten Fische auf einer Platte anrichten. Die gehackte Petersilie darüberstreuen; mit Zitronensaft und dem restlichen Olivenöl beträufeln und servieren.

Gebackene Sardellen

ZUTATEN FÜR 4 PERSONEN

600–700 g frische, filetierte (auseinandergeklappt und entgrätet) Sardellen oder Sardinen
ca. 80 g Brotbrösel
1 gestrichener EL Oregano oder Majoran
2 Knoblauchzehen, geschält und fein gehackt
50 ml Olivenöl, kaltgepreßt
Salz

ZUBEREITUNGSZEIT

ca. 30 Minuten

Das Backrohr auf 180 °C vorheizen.
Gehackten Knoblauch, Oregano, die Hälfte der Brotbrösel und etwas Salz in ein Schüsselchen geben und gut miteinander vermischen. Die Hälfte des Olivenöls in eine ofenfeste Form gießen und diese mit der Brotbrösel-Gewürz-Mischung bestreuen.
Die gereinigten Fische hineinlegen; sie können sich dabei ein wenig überdecken. Die übrige Hälfte der Brotbrösel darüberstreuen und mit dem restlichen Olivenöl besträufeln. Das Ganze für 20 Minuten in den Backofen (180 °C) schieben. Heiß zu Tisch bringen.

Meerbarben nach Livorneser Art

ZUTATEN FÜR 4 PERSONEN

4 küchenfertige Meerbarben
Mehl zum Bestäuben
Olivenöl, kaltgepreßt
2–3 Knoblauchzehen, geschält und gehackt
450 g frische, reife Tomaten
2 EL fein geschnittene Petersilie
Salz
frisch gemahlener Pfeffer

ZUBEREITUNGSZEIT

ca. 45 Minuten

Die Tomaten überbrühen, enthäuten und klein hacken. Die Fische waschen, vorsichtig trocknen und mit Mehl bestäuben.
In einer schweren Pfanne reichlich Olivenöl erhitzen. Die Meerbarben ins heiße Fett legen und jeweils etwa 5 Minuten goldbraun backen. Mit einem Schaumlöffel herausnehmen, gut abtropfen lassen und zum Entfetten auf genügend Küchenpapier legen.
In einem Topf 2–3 Eßlöffel Olivenöl bei niedriger Flamme erhitzen. Den Knoblauch hinzufügen und glasig werden lassen. Die klein gehackten Tomaten hineingeben, mit Salz und Pfeffer würzen und langsam zu einer dicklichen Sauce kochen. Das dauert etwa 20 Minuten.
Die fritierten Fische in die fertige Tomatensauce legen und noch 2–3 Minuten erhitzen. Zum Schluß die fein geschnittene Petersilie unterrühren und die Meerbarben in der Pfanne zu Tisch bringen.

Thunfisch mit Erbsen

ZUTATEN FÜR 4 PERSONEN

4 Thunfischscheiben (je ca. 200 g)
2–3 EL Olivenöl, kaltgepreßt
400 g grüne Erbsen
100 ml trockener Weißwein
2 EL fein geschnittene Petersilie
Salz
frisch gemahlener Pfeffer

ZUBEREITUNGSZEIT

ca. 25 Minuten

In einer breiten Pfanne das Olivenöl bei mittlerer Temperatur erhitzen. Die Thunfischscheiben hineinlegen und ca. 5–6 Minuten backen. Zwischendurch den Fisch einmal wenden. Mit dem Weißwein ablöschen. Erbsen und Petersilie hinzufügen und weitere 5 Minuten dünsten. Mit Salz und Pfeffer abschmecken; auf einer Servierplatte anrichten und heiß servieren.

Thunfisch nach Sizilianer Art

ZUTATEN FÜR 4 PERSONEN

600 g Thunfisch
¼ l trockener Weißwein
1 Knoblauchzehe
1 Zweig Rosmarin
3 eingelegte Sardellenfilets
Saft einer Zitrone
5 EL Olivenöl, kaltgepreßt
Salz
frisch gemahlener Pfeffer

ZUBEREITUNGSZEIT

ca. 25 Minuten

Am Vorabend den Thunfisch gründlich waschen, trockentupfen und in Scheiben schneiden. Aus Wein, gehacktem Knoblauch, Rosmarin, Zitronensaft, etwas Salz und Pfeffer eine Marinade bereiten und den Fisch über Nacht in die Marinade einlegen.
Am nächsten Tag den abgetropften Fisch auf den vorgeheizten Küchengrill legen und auf beiden Seiten schön goldbraun braten. Zwischendurch immer wieder mit der Marinade begießen. Den fertig gebratenen Thunfisch auf einen Servierteller legen und warm stellen.
In einer kleinen Pfanne das Olivenöl erhitzen; die Sardellenfilets hinzufügen und mit Hilfe einer Gabel zerdrücken. Die Sauce über den Thunfisch gießen und sofort servieren

Tintenfischsalat

ZUTATEN FÜR 4 PERSONEN

300 g bereits gesäuberte Tintenfische, in ½ cm breite Ringe geschnitten
3 EL Olivenöl, kaltgepreßt
300 g frische Pilze (Champignons)
200 g frische, reife Tomaten
1 Büschel Petersilie
40 ml Balsam-Essig
2–3 Bund Rucola
Salz
frisch gemahlener Pfeffer

ZUBEREITUNGSZEIT

ca. 30 Minuten

In einem großen Topf etwa 2 ½ Liter Wasser zum Kochen bringen; die Tintenfischringe hineingeben und kurz aufkochen lassen. Dann die Fischringe sofort abseihen und gut abtropfen lassen. Der Tintenfisch darf keinesfalls übergaren, ansonsten wird er zäh.
In einer breiten Pfanne das Olivenöl erhitzen. Die in dünne Scheiben geschnittenen Pilze hineingeben; mit Salz und Pfeffer würzen und ca. 6–8 Minuten braten. Die Tomaten kleinwürfelig schneiden und mit der fein gehackten Petersilie, dem Balsam-Essig und den warmen Tintenfischringen vermischen.
Den gewaschenen Rucola-Salat auf vier Teller verteilen. Darauf die Tintenfischringe und die Tomatenwürfel geben; mit den gebratenen Pilzen belegen und mit dem Bratensaft der Pilze übergießen. Sofort servieren.

Wolfsbarsch mit Kapern

ZUTATEN FÜR 4 PERSONEN

4 Wolfsbarschfilets
3 EL Olivenöl, kaltgepreßt
30 g Butter
2 EL Kapern
Saft von einer Zitrone (ca. 40 ml)
1 Büschel Petersilie
Mehl zum Bestäuben
Salz
frisch gemahlener Pfeffer

ZUBEREITUNGSZEIT

ca. 25 Minuten

Die Fischfilets mit Salz und Pfeffer würzen; dann mit Mehl bestäuben.
In einer breiten Pfanne das Olivenöl erhitzen und die Filets darin von jeder Seite ca. 3 Minuten braten. Die Filets auf einen vorgewärmten Servierteller geben und warm halten.
Das Bratfett aus der Pfanne gießen und die Butter hineingeben. Sobald sie aufschäumt, Kapern, Zitronensaft und Petersilie einrühren. Alles erhitzen und mit Salz und Pfeffer würzen.
Die warme Sauce über die Wolfsbarschfilets gießen und sofort zu Tisch bringen.

Schwertfisch mit Tomaten und Oliven

ZUTATEN FÜR 4 PERSONEN

4 Scheiben Schwertfisch
3 EL Olivenöl, kaltgepreßt
3 eingelegte Sardellenfilets
1 kleine Zwiebel, fein gehackt
2 Knoblauchzehen
8–10 grüne, entkernte Oliven
1 EL Kapern
450 g Pelati (eingelegte Tomaten)
1 EL gehackte Petersilie
Salz
frisch gemahlener Pfeffer

ZUBEREITUNGSZEIT

ca. 40 Minuten

Die Fischscheiben vorsichtig waschen und trockentupfen; mit Salz würzen.
In einer schweren Pfanne bei mittlerer Temperatur das Olivenöl erhitzen. Gehackte Zwiebel und Knoblauch hineingeben und hell anrösten. Danach den Knoblauch wieder entfernen.
Die zerpflückten Sardellenfilets, Kapern und die klein geschnittenen Oliven hinzufügen und kurz anbraten. Die Pelati dazugeben, mit Salz und Pfeffer würzen und bei mittlerer Flamme ca. 10 Minuten kochen lassen.
Die Fischscheiben in die Tomatensauce legen, mit Petersilie bestreuen und zugedeckt bei schwacher Hitze nochmals 15–20 Minuten garen. Den Fisch zwischendurch einmal vorsichtig wenden. Anschließend das Gericht zu Tisch bringen.

Eierspeisen

Rührei mit Tomaten

Rührei mit Tomaten

ZUTATEN FÜR 4 PERSONEN

600 g frische, reife Tomaten
2 Zwiebeln
3 EL Olivenöl, kaltgepreßt
6 Eier
Salz
frisch gemahlener Pfeffer

ZUBEREITUNGSZEIT

ca. 45 Minuten

Die Tomaten überbrühen, enthäuten und feinwürfelig schneiden; ebenso die Zwiebeln fein hacken.
In einer beschichteten Pfanne das Olivenöl erhitzen, die Zwiebeln hinzufügen und bei mittlerer Temperatur glasig werden lassen. Die Tomaten dazugeben und zugedeckt ca. 20–30 Minuten auf niedriger Flamme dünsten, bis die Flüssigkeit verkocht ist.
In der Zwischenzeit die Eier in einer Schüssel mit der Gabel verschlagen und mit Salz und Pfeffer würzen. Nun die Eimischung zu den Tomaten geben; dabei mit einer Holzgabel die Masse immer wieder vom Pfannenrand lösen und in die Mitte schieben. Sobald das Rührei zu stocken beginnt, aber noch feucht ist, die Pfanne vom Herd nehmen und heiß auftragen.

Spiegelei mit Schinken und Käse

ZUTATEN FÜR 4 PERSONEN

8 Eier
8 dünne Scheiben Naturschinken
8 dünne Scheiben Fontinakäse
Butter zum Backen
5–6 EL Weißwein
Salz
frisch gemahlener Pfeffer

ZUBEREITUNGSZEIT

ca. 15 Minuten

Den Backofen auf 180 °C vorheizen.
In einer großen Steingutpfanne die Butter bei mittlerer Temperatur erhitzen. Die Eier aufschlagen und in die Pfanne gleiten lassen. Mit Salz und Pfeffer würzen und die Spiegeleier jeweils mit einer Scheibe Schinken und darüber einer Scheibe Käse belegen. Mit dem Weißwein angießen und alles im bereits vorgeheizten Backofen ca. 8–10 Minuten überbacken, bis der Käse zerläuft und der Wein verdampft ist. Sogleich zu Tisch bringen.

»Frittata« mit Mozzarella und Schinken

ZUTATEN FÜR 4 PERSONEN

5 Eier
1 gehäufter EL geriebener Parmesankäse
70 g Mozzarella oder Fontinakäse
2–3 Scheiben Naturschinken
Salz
etwas Butter zum Backen

ZUBEREITUNGSZEIT

ca. 20 Minuten

Schinken und Käse feinwürfelig schneiden. Die Eier in einer Schüssel mit etwas Salz verquirlen. Käse und Schinken dazugeben und gut mischen.
Die Butter in einer breiten, beschichteten Pfanne erhitzen; die Eimischung hineingießen und zuerst auf der einen und dann auf der anderen Seite schön goldbraun backen.
Heiß servieren.

»Frittata« mit Zucchini

ZUTATEN FÜR 4 PERSONEN

5 Eier
3 kleinere Zucchini
50 g frisch geriebener Parmesankäse
2 EL fein gehackte Petersilie oder Basilikum
Salz
frisch gemahlener Pfeffer
2 EL Olivenöl, kaltgepreßt
etwas Butter zum Backen

ZUBEREITUNGSZEIT

ca. 40 Minuten

Die Zucchini sorgfältig waschen und in dünne Scheiben schneiden.
In einer schweren Pfanne das Olivenöl erhitzen. Die Zucchini hinzufügen und ca. 10 Minuten unter öfterem Rühren dünsten, bis sie leicht gebräunt sind. Dann vom Herd nehmen und abkühlen lassen.
Inzwischen die Eier verquirlen und mit Salz und Pfeffer würzen. Dann die abgekühlten Zucchini, den Parmesankäse und die Petersilie unter die Eier mischen.
In einer breiten, beschichteten Pfanne die Butter erhitzen und die Zucchini-Ei-Mischung gleichmäßig hineingießen. Das Omelett auf beiden Seiten bei mäßiger Temperatur goldbraun backen. Anschließend auf einem Serverteller anrichten und heiß servieren. Dazu schmeckt eine warme Tomatensauce.

»Frittata« mit Tomaten, Zwiebeln und Basilikum

ZUTATEN FÜR 4 PERSONEN

5 Eier
300 g Zwiebeln, in ganz feine Ringe geschnitten
3–4 EL Olivenöl, kaltgepreßt
400 g frische, reife Tomaten, geschält und fein gehackt
1 Büschel Basilikum
1–2 EL frisch geriebener Parmesankäse
30 g Butter
Salz
frisch gemahlener Pfeffer

ZUBEREITUNGSZEIT

ca. 40 Minuten

Das Olivenöl in eine Bratpfanne geben und die Zwiebelringe darin bei schwacher Hitze tief goldbraun dünsten. Die Tomaten dazugeben, salzen und ca. 20 Minuten langsam kochen lassen. Das restliche Öl aus der Pfanne schöpfen; dann das Tomaten-Zwiebel-Gemüse in eine Schüssel geben und beiseite stellen.
Die Eier in einer Schüssel aufschlagen. Das Tomaten-Zwiebel-Gemüse dazugeben; ebenso den geriebenen Parmesankäse, klein gezupfte Basilikumblätter, etwas Salz und Pfeffer. Alles gut miteinander vermischen.
Die Butter in einer breiten Pfanne zergehen lassen. Die Eiermischung in die Pfanne gießen. Auf beiden Seiten bei geringer Hitze goldbraun backen.
Die fertige »Frittata« auf eine Platte geben und in Stücke schneiden.

»Frittata« mit vier Käsesorten

ZUTATEN FÜR 4 PERSONEN

5 Eier
3 EL Milch
1 gehäufter EL geriebener Parmesankäse
30 g Fontinakäse
30 g Emmentaler Käse
50 g Mozzarella
Salz
Butter zum Backen

ZUBEREITUNGSZEIT

ca. 25 Minuten

Fontina, Emmentaler und Mozzarella in kleine Würfel schneiden. Die Eier in einer Schüssel leicht schaumig schlagen, mit etwas Salz abschmecken; dann die Milch und den Parmesan unterrühren.
In einer breiten, beschichteten Pfanne die Butter bei mittlerer Temperatur erhitzen, die Eimischung hineingeben und langsam backen. Sobald sich untenauf eine Kruste gebildet hat, obenauf die Eimischung aber noch weich ist, die Käsewürfel darauf verteilen. Noch etwas Butter zugeben, das Omelett wenden und fertig backen. Heiß servieren.

BRUNELLO DI
MONTALCINO
IL POGGIONE

Gemüse

P.Thurner
St. 6

Gurguglione

Melanzane, Zucchini und Peperoni mit Tomaten

ZUTATEN FÜR 4 PERSONEN

1 kleine Melanzane
2 Zucchini
2 gelbe oder rote Peperoni
350 g frische, reife Tomaten
2 EL Olivenöl, kaltgepreßt
2 gehackte Knoblauchzehen
1 kleine fein gehackte Zwiebel
Salz
frisch gemahlener Pfeffer

ZUBEREITUNGSZEIT

ca. 40 Minuten

Die Tomaten überbrühen, enthäuten und in Würfel schneiden. Die Peperoni waschen, halbieren, von Samenkernen und Rippen befreien und in schmale Streifen schneiden. Die Melanzane waschen und kleinwürfelig schneiden. Die Zucchini waschen und in 5 mm dicke Scheiben schneiden.
In einer schweren Pfanne das Olivenöl leicht erhitzen, die gehackte Zwiebel und Knoblauch hinzufügen und glasig werden lassen. Melanzane, Zucchini und Peperoni dazugeben und einige Minuten dünsten; zwischendurch immer wieder umrühren. Die Tomaten unterrühren, salzen, pfeffern und bei milder Hitze ca. 20 Minuten zugedeckt garen. Das Gemüse heiß servieren.

Selleriestengel mit Zwiebeln, Tomaten und Pancetta

ZUTATEN FÜR 4 PERSONEN

ca. 700 g Sellerie
130 g Zwiebeln
70 g Pancetta, in dünne Streifen geschnitten
180 g Pelati (eingelegte Tomaten)
3 EL Olivenöl, kaltgepreßt
Salz
frisch gemahlener Pfeffer

ZUBEREITUNGSZEIT

ca. 35 Minuten

Den Sellerie waschen. Die Blätter des Selleries abschneiden und die Stengel mit einem Sparschäler von den Fäden befreien. Anschließend in 7 cm lange Stücke schneiden. Die Zwiebeln schälen und in sehr dünne Scheiben schneiden. Das Olivenöl in einen schweren Topf geben, die Zwiebelringe hinzufügen und bei mäßiger Hitze unter Rühren goldgelb anschwitzen. Dann die in Streifen geschnittene Pancetta dazugeben.
Sobald das Fett der Pancetta glasig wird, die Tomaten, Sellerie, Salz und etwas Pfeffer dazugeben und alles mit einem Holzlöffel gut umrühren. Die Hitze ziemlich reduzieren, einen Deckel auflegen und ca. 15 Minuten köcheln lassen. Falls nötig, während des Garens mit 2–3 Eßlöffeln Wasser aufgießen. Sobald der Sellerie sich weich anfühlt, den Deckel abnehmen und die eventuell restliche Garflüssigkeit einkochen lassen. Sofort zu Tisch bringen.

Grüne Bohnen in der Pfanne

ZUTATEN FÜR 4 PERSONEN

700 g grüne Bohnen
450 g frische, reife Tomaten
3 EL Olivenöl, kaltgepreßt
1 kleine Zwiebel
2 Knoblauchzehen
2 EL fein gehackte Petersilie
Salz
frisch gemahlener Pfeffer

ZUBEREITUNGSZEIT

ca. 45 Minuten

Die Bohnen säubern; die beiden Enden abschneiden, waschen und in Salzwasser 5 Minuten sprudelnd kochen; dann abseihen. Die Tomaten überbrühen, enthäuten und in kleine Würfel schneiden.
Zwiebel und Knoblauch fein hacken und in Olivenöl hell anrösten. Die Tomaten zugeben und kurz aufkochen lassen. Dann die Bohnen hinzufügen, mit Salz und Pfeffer würzen und zugedeckt bei schwacher Hitze etwa 20 Minuten garen, bis sie weich sind. Zwischendurch öfters umrühren.
Zum Schluß die gehackte Petersilie unterrühren und heiß servieren.

Erbsen mit Olivenöl und Schinken nach Florentiner Art

ZUTATEN FÜR 4 PERSONEN

850 g junge, frische Erbsen
2 Knoblauchzehen
2–3 EL Olivenöl, kaltgepreßt
2 Scheiben Naturschinken, fein gehackt
1 gehäufter EL fein geschnittene Petersilie
Salz
frisch gemahlener Pfeffer

ZUBEREITUNGSZEIT

ca. 35 Minuten

Die Erbsen enthülsen. Eine Handvoll unversehrter Hülsen in Hälften teilen. Das Häutchen auf der Innenseite der Schoten abziehen. Die gehäuteten Hülsen zusammen mit den Erbsen in kaltem Wasser waschen und gut abtropfen lassen.
Den geschälten Knoblauch im Olivenöl unter Rühren hell anschwitzen. Den Knoblauch wieder herausnehmen und den gehackten Naturschinken in die Pfanne geben. Einmal durchrühren, dann die Erbsen mit den Schoten hinzufügen. Nochmals alles gut umrühren; etwas pfeffern und die Petersilie darüberstreuen. Mit 5 Eßlöffel Wasser aufgießen, einen Deckel auflegen und bei mäßiger Hitze ca. 20–30 Minuten garen. Falls nötig, noch etwas Wasser hinzufügen.
Sobald die Erbsen gar sind und das restliche Wasser eingekocht ist, mit Salz abschmecken. Nochmals alles mit einem Holzlöffel gut durchrühren und sofort servieren.

Gefüllte Peperoni

ZUTATEN FÜR 4 PERSONEN

4 gelbe oder grüne, mittelgroße Peperoni
2–3 Tomaten
3–4 eingelegte Sardellenfilets, fein gehackt
2 EL fein geschnittene Petersilie
1–2 Knoblauchzehen, geschält und gehackt
ca. 6 gehäufte EL Semmelbrösel
4 EL geriebener Parmesankäse
ca. 5 EL Olivenöl, kaltgepreßt
Salz
frisch gemahlener Pfeffer

ZUBEREITUNGSZEIT

ca. 50 Minuten

Die Peperoni waschen; den Deckel abschneiden und von Kernen und Rippen befreien. Die Tomaten waschen und feinwürfelig schneiden.
Tomaten, Sardellen, Petersilie, Knoblauch, Semmelbrösel, Parmesankäse und Olivenöl in eine Schüssel geben. Salzen, pfeffern und gründlich mit einem Holzlöffel vermengen.
Die ausgehöhlten Peperoni mit der Mischung füllen und den Deckel wieder aufsetzen.
Etwas Olivenöl in eine ofenfeste Form geben und die Peperoni nebeneinander hineinsetzen. Zusätzlich mit etwas Olivenöl beträufeln. Die Form mit Alufolie bedecken und 20 Minuten im vorgeheizten Backrohr bei ca. 180 °C garen. Dann die Alufolie entfernen und weitere 20 Minuten fertig garen.
Die so zubereiteten Peperoni können warm oder auch kalt serviert werden.

Peperoni mit Tomaten und Basilikum

ZUTATEN FÜR 4 PERSONEN

3–4 mittelgroße gelbe oder grüne Peperoni
2 EL Olivenöl, kaltgepreßt
40 g geräucherter Bauchspeck (pancetta), in kleine Streifen geschnitten
2 Knoblauchzehen, klein gehackt
300 g frische, reife Tomaten
10 Blätter Basilikum
Salz
frisch gemahlener Pfeffer

ZUBEREITUNGSZEIT

ca. 40 Minuten

Die Peperoni waschen, abtrocknen und vierteln. Samenkerne und Rippen entfernen und in schmale Streifen schneiden. Die Tomaten überbrühen, enthäuten und klein hacken.
In einer Pfanne das Olivenöl leicht erhitzen, den in Streifen geschnittenen Speck dazugeben und bei milder Hitze sautieren, bis er glasig ist. Den gehackten Knoblauch und die Peperonistreifen hinzufügen und 2–3 Minuten mitdünsten. Anschließend die Tomaten unterrühren, salzen und pfeffern und auf mittlerer Flamme ca. 20–25 Minuten zugedeckt garen, bis die Flüssigkeit verkocht ist.
Das fein gehackte Basilikum untermischen und heiß servieren.

6000
Kilo
5000
Kilo
6000
Kilo
6000

Broccoli mit Olivenöl und Knoblauch

ZUTATEN FÜR 4 PERSONEN

500 g Broccoli
5 EL Olivenöl, kaltgepreßt
2 Knoblauchzehen, geschält und fein gehackt
1 gehäufter EL fein geschnittene Petersilie
Salz

ZUBEREITUNGSZEIT

ca. 20 Minuten

Den Broccoli säubern; die Stielenden etwa 2 cm abschneiden. Die dickeren Stiele halbieren oder tief über Kreuz einschneiden; danach gründlich waschen.
Ca. 4 Liter Wasser zum Kochen bringen, salzen und anschließend das Broccoligemüse ca. 5 Minuten bei mäßiger Hitze garen, bis es sich beim Einstechen mit der Gabel weich anfühlt. Dann sofort abgießen.
In eine schwere Pfanne Olivenöl und gehackten Knoblauch hineingeben. Den Knoblauch kurz anrösten, dann den Broccoli hinzufügen. Salzen und die fein geschnittene Petersilie darüberstreuen. Mit einem Holzlöffel gut umrühren und 2–3 Minuten bei mittlerer Hitze sautieren. Auf einem vorgewärmten Servierteller zu Tisch bringen.

Variante

Broccoli mit Butter und Parmesan

ZUTATEN FÜR 4 PERSONEN

500 g Broccoli, geputzt, gewaschen, gekocht, wie im vorhergehenden Rezept beschrieben
50 g Butter
60 g frisch geriebener Parmesankäse
Salz

In einer schweren Pfanne die Butter bei mittlerer Hitze zergehen lassen; dann den gekochten, abgetropften Broccoli hinzufügen. Salzen, gut umrühren und 2–3 Minuten sautieren. Den geriebenen Parmesan darüberstreuen, nochmals umrühren und sofort servieren.

Gratinierter Blumenkohl mit Parmesan und Butter

ZUTATEN FÜR 4 PERSONEN

1 mittelgroßer Blumenkohl
Butter
80 g frisch geriebener Parmesankäse
Salz

ZUBEREITUNGSZEIT

ca. 40 Minuten

Das Backrohr auf 200 °C vorheizen.
Den Blumenkohl säubern; die großen Blätter entfernen und das Strunkende kreuzförmig einschneiden.
In einem Topf ca. 4 Liter Wasser zum Kochen bringen und den Blumenkohl darin (ohne Deckel) etwa 20 Minuten köcheln. Dann herausnehmen, abtropfen lassen und in einzelne Röschen teilen.
Eine ofenfeste Form ausbuttern und die Röschen dachziegelartig hineinschichten. Mit Salz und geriebenem Parmesan bestreuen und mehrere Butterflöckchen daraufsetzen. Im Backrohr ca. 15–20 Minuten backen, bis sich obenauf eine goldbraune Kruste gebildet hat. Herausnehmen und vor dem Servieren noch 2 Minuten sitzen lassen.

Panierte Steinpilze

ZUTATEN FÜR 4 PERSONEN

5–6 frische Steinpilze
1–2 Eier
etwas Weizenmehl
Brotbrösel
Salz
Butter und Pflanzenöl zum Backen
Saft einer Zitrone

ZUBEREITUNGSZEIT

ca. 35 Minuten

Die Steinpilze säubern; mit einem kleinen Messer die Stiele abschaben und mit einem feuchten Tuch die Köpfe abreiben (nicht waschen).
Die Pilze in etwa 6 mm dicke Scheiben schneiden. Anschließend etwas salzen und in Mehl drehen. Das Ei und eine Prise Salz in einem Teller verquirlen und die Pilze darin wenden; dann in den Brotbröseln wälzen.
Öl und Butter in einer Pfanne heiß werden lassen und die panierten Pilze darin goldbraun backen. Je nach Geschmack etwas Zitronensaft darübertropfen und heiß zu Tisch bringen.

Gegrillte Waldpilze

ZUTATEN FÜR 4 PERSONEN

8 frische Steinpilze oder große Champignons
2–3 gehackte Knoblauchzehen
3 EL Olivenöl, kaltgepreßt
2 EL gehackte Petersilie
Salz
frisch gemahlener Pfeffer

ZUBEREITUNGSZEIT

ca. 30 Minuten

Den Holzkohlen- oder Küchengrill vorheizen.
Die Pilze säubern; mit einem Tuch feucht abwischen und nicht waschen. Anschließend in etwa 6 mm dicke Scheiben schneiden.
Aus Knoblauch, Olivenöl, Petersilie sowie Salz und Pfeffer eine Marinade bereiten und die Pilze damit bestreichen. Die Pilze auf die heiße, geölte Grillplatte legen und etwa 2 Minuten grillen; anschließend wenden und weitere 2 Minuten fertig grillen (nicht zu nahe an der Hitzequelle).
Auf eine vorgewärmte Servierplatte geben, mit der Marinade begießen und sofort auftragen.

Sautierte Waldpilze

ZUTATEN FÜR 4 PERSONEN

600 g frische Steinpilze
4–5 EL Olivenöl, kaltgepreßt
2 Knoblauchzehen
1 Büschel Petersilie
Salz
frisch gemahlener Pfeffer

ZUBEREITUNGSZEIT

ca. 25 Minuten

Die Pilze mit einem feuchten Tuch abwischen (nicht waschen!) und in feine Scheiben schneiden.
Das Olivenöl in einer Pfanne auf mittlerer Flamme erhitzen. Den mit einer Gabel zerdrückten Knoblauch kurz darin anrösten, dann wiederum entfernen. Die Pilze in die Pfanne geben, salzen und pfeffern und die Hitze etwas verstärken. Unter Rühren die Pilze ca. 10–15 Minuten sautieren, bis sie gebräunt sind. Zum Schluß die gehackte Petersilie untermischen. Warm zu Tisch bringen.

GETROCKNETE
STEINPILZE
VOM ORT
ASTALTED

Involtini alle melanzane

Melanzaneröllchen in Tomatensauce

ZUTATEN FÜR 4 PERSONEN

2 Melanzane (ca. 400 g)
etwas Weizenmehl
Olivenöl, kaltgepreßt
2 Knoblauchzehen
500 g Pelati (eingelegte Tomaten)
2–3 Büschel Basilikum
2 große Mozzarelle
ca. 150 g Naturschinken, dünn geschnitten
Oregano
Salz
frisch gemahlener Pfeffer
Parmesankäse

ZUBEREITUNGSZEIT

ca. 1 Stunde und 15 Minuten

Die Melanzane vom Stiel befreien, waschen und in ca. 1/2 cm dicke, möglichst regelmäßige Scheiben schneiden. Beidseitig salzen und zum Entwässern auf ein Küchenkrepp legen.
Ca. 60 ml Olivenöl auf mittlerer Flamme in einer Pfanne erhitzen. Die geschälten, zerdrückten Knoblauchzehen hineingeben und nach einer Minute wieder entfernen. Anschließend die Pelati einrühren, mit Salz und Pfeffer würzen und auf großer Flamme ca. 10 Minuten kochen. Zum Schluß 15 mit der Hand zerpflückte Basilikumblätter einstreuen und noch eine weitere Minute kochen; dann vom Herd nehmen.
Die entwässerten Melanzane in Mehl drehen. Dann partienweise in reichlich heißem Olivenöl auf beiden Seiten kurz fritieren. Anschließend gut abtropfen lassen und zum Aufsaugen von überschüssigem Fett auf Küchenkrepp legen.
Die Mozzarelle in 1/2 cm dicke Scheiben schneiden.
Die ausgebackenen Melanzane jeweils mit einer Scheibe Mozzarella, etwas Schinken und einem Basilikumblatt belegen; mit Salz, Pfeffer und Oregano würzen. Dann die Melanzane einrollen und das Ende mit einem Zahnstocher befestigen.
Dann die Melanzaneröllchen in eine Auflaufform setzen, mit der Tomatensauce überziehen und einer Handvoll geriebenen Parmesankäse bestreuen. Das Gericht ca. 1/2 Stunde im vorgeheizten Backrohr (180 °C) überbacken.

Gratinierte Tomaten

ZUTATEN FÜR 4 PERSONEN

4 mittelgroße, reife Tomaten
2 EL fein gehackte Petersilie
4 EL Olivenöl, kaltgepreßt
1 Knoblauchzehe, klein gehackt
1 gestrichener EL gehackte Zwiebeln
2 eingelegte Sardellenfilets
ca. 8 EL Semmelbrösel
1 TL Kapern
½ TL Oregano
Salz
frisch gemahlener Pfeffer

ZUBEREITUNGSZEIT

ca. 45 Minuten

Das Backrohr auf 180 °C vorheizen.
Die Tomaten waschen und abtrocknen; den Deckel abschneiden und mit einem Löffel vorsichtig aushöhlen. In einer kleinen Pfanne Öl, Zwiebelwürfel, Sardellenfilets und die gehackte Knoblauchzehe miteinander vermischen und bei milder Hitze dünsten, bis die Zwiebeln leicht gebräunt sind. Vom Herd nehmen und die Semmelbröseln, die fein geschnittene Petersilie, die gehackten Kapern und den Oregano zugeben. Mit Salz und Pfeffer würzen und alles gut miteinander vermischen.
Die Tomaten mit dieser Mischung füllen, den Deckel wieder aufsetzen und nebeneinander in eine eingefettete Form geben; ca. 30 Minuten im vorgeheizten Backrohr garen. Heiß oder auch kalt servieren.

Radicchio und Chicorée vom Ofen

ZUTATEN FÜR 4 PERSONEN

500 g Radicchio Trevigiano
400 g Chicorée
5–6 EL Olivenöl, kaltgepreßt
Salz
frisch gemahlener Pfeffer

ZUBEREITUNGSZEIT

ca. 35 Minuten

Das Backrohr auf 200 °C vorheizen.
Die Radicchiowurzeln kürzen und den Stumpf schälen. Die Außenblätter entfernen.
Chicorée und Radicchio längs halbieren. In kaltem Wasser waschen und gut abtropfen lassen.
Das Gemüse mit der Schnittseite nach unten in eine ofenfeste Form legen. Mit Salz und Pfeffer bestreuen und mit Olivenöl beträufeln. Anschließend in den Ofen geben und das Gemüse nach 10 Minuten einmal wenden. Weitere 5–6 Minuten garen. Mit einer Gabel probeweise einstechen. Wenn sich das Gemüse weich anfühlt, aus dem Ofen nehmen und vor dem Servieren noch 1–2 Minuten ruhen lassen.

Zucchini-Gratin

ZUTATEN FÜR 4 PERSONEN

4 mittelgroße Zucchini
4 große, reife Tomaten
Weizenmehl
Olivenöl, kaltgepreßt
Salz
frisch gemahlener Pfeffer
1 große Mozzarella

ZUBEREITUNGSZEIT

ca. 50 Minuten

Die Zucchini waschen; die Stielenden abschneiden und längs in 5 mm dicke Scheiben schneiden. Mit Salz und wenig Pfeffer bestreuen und beiseite stellen. Die Tomaten überbrühen, enthäuten und feinwürfelig schneiden.
In eine Pfanne 2 Eßlöffel Olivenöl geben, die Tomaten zugeben, mit Salz und Pfeffer würzen und ca. 15 Minuten langsam einkochen lassen.
In der Zwischenzeit die Zucchini in Mehl wenden und in reichlich Olivenöl goldbraun fritieren. Danach die Zucchini sorgfältig auf Küchenpapier entfetten.
2 Eßlöffel Olivenöl in einer feuerfesten Form leicht erhitzen. Zuerst die Zucchinistreifen, dann die Tomatensauce hineingeben und auf kleiner Flamme kurz ziehen lassen. Dann die Mozzarella in dünne Scheiben schneiden, auf die Zucchini verteilen, mit wenig Olivenöl beträufeln und im vorgeheizten Backrohr (180 °C) ca. 20 Minuten überbacken, bis der Käse zerläuft.

Zucchini mit Tomaten und Basilikum

ZUTATEN FÜR 4 PERSONEN

650 g Zucchini
40 g Zwiebeln, in dünne Ringe geschnitten
4–5 EL Olivenöl, kaltgepreßt
1–2 Knoblauchzehen, geschält und fein gehackt
1 gehäufter EL fein geschnittene Petersilie
180 g Pelati (eingelegte Tomaten)
1 Büschel Basilikum
Salz
frisch gemahlener Pfeffer

ZUBEREITUNGSZEIT

ca. 40 Minuten

Die Zucchini von den Stielenden befreien, waschen und in $1\frac{1}{2}$ cm dicke Scheiben schneiden.
Das Backrohr auf 180 °C vorheizen.
Das Olivenöl in einer feuerfesten Form erhitzen. Die Zwiebelringe und den gehackten Knoblauch hineingeben und hell anrösten. Tomaten und Petersilie dazugeben und alles gut durchrühren. Etwa 15–20 Minuten köcheln, bis die Sauce eingedickt ist.
Die Zucchini zur Tomatensauce geben; salzen und pfeffern und 5–6 Minuten garen. Dann die Form in den vorgeheizten Ofen schieben und so lange garen, bis das Gemüse weich ist. Dann herausnehmen; die gewaschenen, mit der Hand zerpflückten Basilikumblätter darüberstreuen und servieren.

Spargel mit Eiern und Schinken

ZUTATEN FÜR 4 PERSONEN

800 g Spargel
4 Eier
1 TL Senf
1 TL Zitronensaft
1 EL Obstessig
3 EL Olivenöl, kaltgepreßt
1 EL gehackte Petersilie
Salz
frisch gemahlener Pfeffer
150 g Naturschinken, dünn geschnitten

ZUBEREITUNGSZEIT

ca. 40 Minuten

Den Spargel waschen, dünn schälen und von holzigen Stielenden befreien. Den Spargel in einen hohen, schmalen Topf legen und zwei Drittel mit kaltem, leicht gesalzenem Wasser bedecken. Zugedeckt auf lebhafter Flamme kochen, bis sich die Spitzen biegen (ca. 20 Minuten).
Inzwischen die Eier 8 Minuten in kaum sprudelndem Wasser kochen. Herausnehmen, abschrecken und schälen. Die Eigelbe herauslösen und in eine kleine Rührschüssel geben. Senf, Zitronensaft, Essig, Olivenöl, Petersilie und das grob gehackte Eiweiß hinzufügen, mit Salz und Pfeffer würzen und das Ganze gründlich mit einer Gabel vermengen.
Den inzwischen gekochten, abgetropften Spargel auf einer vorgewärmten Servierplatte anrichten und den geschnittenen Schinken darüberdrapieren. Dazu die Ei-Sauce reichen.

Gratinierte Mangoldstiele mit Parmesan

ZUTATEN FÜR 4 PERSONEN

ca. 300 g Mangoldstiele
Butter
100 g frisch geriebener Parmesankäse
Salz

ZUBEREITUNGSZEIT

ca. 40 Minuten

Die Mangoldstiele waschen und in ca. 10 cm lange Stücke schneiden. Die Mangoldblätter können für Pasta, Suppe oder Salat verwendet werden.
Die Mangoldstücke in ca. 3 Liter köchelndem Wasser etwa 25–30 Minuten garen. Dann herausnehmen und gut abtropfen lassen.
Das Backrohr auf 200 °C vorheizen.
Eine ofenfeste Form ausbuttern. Mit einer Schicht Mangoldstücke belegen. Etwas salzen, geriebenen Parmesankäse darüberstreuen und 2–3 Butterflöckchen daraufsetzen. Auf diese Art den ganzen Mangold aufschichten. Zum Schluß großzügig mit Parmesan bestreuen und noch einige Butterflocken daraufgeben.
Im Backrohr garen, bis sich obenauf eine leichte Kruste gebildet hat. Das dauert ca. 10 Minuten. Herausnehmen und heiß servieren.

Gedünstete Artischocken

ZUTATEN FÜR 4 PERSONEN

8 Artischocken
$^1/_2$ Zitrone
3 Knoblauchzehen
1 Bund Petersilie oder Minze
3 EL Semmelbrösel
5 EL Olivenöl, kaltgepreßt
Salz
frisch gemahlener Pfeffer

ZUBEREITUNGSZEIT

ca. 1 Stunde

Die Artischocken waschen und von den äußeren, holzigen Blättern befreien. Die oberen Blattspitzen und die Stengel bis ca. 3 cm abschneiden. Die Schnittflächen sofort mit Zitrone einreiben, damit sie sich nicht verfärben.
Knoblauch und Petersilie fein hacken und in ein Schüsselchen geben. Semmelbrösel, etwas Salz und Pfeffer und 2–3 Eßlöffel Olivenöl hinzufügen und alles gut verrühren. Die Artischocken in der Mitte etwas öffnen (Blätter auseinanderziehen) und jeweils ein bißchen von der Füllung hineingeben. Dann die Blätter wieder schließen.
In eine Kasserolle 2 Eßlöffel Olivenöl geben und die Artischocken mit den Stengeln nach oben hineinsetzen. Mit 2 Gläsern Wasser übergießen, noch etwas nachsalzen und zugedeckt bei milder Hitze ca. eine $^3/_4$ Stunde dünsten.
Die Artischocken werden entweder heiß oder auch später kalt als Vorspeise serviert. Dazu schmeckt ein Spiegelei oder eine selbstgemachte Mayonnaise.

Glossar

»al dente« kochen	Die Nudeln sollen nicht zu weich gekocht sein; das heißt, sie müssen einen kleinen harten Kern haben.
Antipasti	Kleine Vorspeisen
Artischocken	Sind im Mittelmeerraum heimisch. Gegessen werden die Blüten, die man erntet, bevor sie sich öffnen.
Baguette	Weißes französisches Stangenbrot
Broccoli	Kohlgemüse
Bucatini	Dicke Spaghetti; Röhrchennudeln
Chianti	Italienischer Spitzenwein
Crostini	Geröstetes Weißbrot, mit einem Belag bestrichen
Estragon	Küchenkraut für Suppen und Saucen
Farfalle	Schmetterlingsartige Nudeln
Frittata	Palatschinken in verschiedenen Variationen
Gamberetti	Garnelen
Gorgonzola	Edelpilzkäse
Kapern	Blütenknospen eines im Mittelmeerraum heimischen Strauchs
Linguine	Breite, platte Spaghetti
Maccheroni	Lange, röhrenförmige Nudeln
Mascarpone	Italienischer Rahmfrischkäse
Melanzane	Auberginen
Mozzarella	Kleiner kugelförmiger Frischkäse aus Kuh- oder Büffelmilch
Orecchiette	Kleine, ohrenförmige Nudeln
Paglia e fieno	Grüne und gelbe Bandnudeln
Pancetta	Durchwachsener Speck; luftgetrockneter Schweinebauch
Parmesan	Hartkäse, aus Kuhmilch hergestellt; dient als Würzkäse für Pasta und zum Gratinieren von Speisen.
Pasta	Teigwaren mit verschiedenen Saucen
Pecorino	Hartkäse aus Kuh-, Schaf- oder Ziegenmilch

Pelati	Eingelegte Tomaten
Penne	Kurze, dicke Hohlnudeln mit Schrägschnitt
Peperoncino	Getrocknete, rote Pfefferschote
Peperoni	Paprikaschoten
Pesto	Basilikumsauce für Nudeln
Radicchio	Salatgemüse
Ricotta	Topfen, Quark
Risotto	Gekochter Rundkornreis in verschiedenen Variationen
Rucola	Leicht bitter schmeckender Salat
Sardellenfilets	Werden in Öl oder in Salz eingelegt. Sardellen in Öl (vorzugsweise kaltgepreßtes Olivenöl) sind bereits filetiert und in Gläsern oder Dosen erhältlich.
Spaghetti	Lange, dünne Fadennudeln
Tagliatelle	Lange, dünne Streifennudeln
Tagliolini	Schmale Bandnudeln
Tonno	Thunfisch
Topfen	Quark
Zucchini	Gemüsekürbisse

Die Autorin bedankt sich bei der Firma
SCHÖNHUBER - BRUNECK
die freundlicherweise das Geschirr
für die fotografische Gestaltung
dieses Buches zur Verfügung gestellt hat.

Inhaltsverzeichnis

BRUNELLO DI
MONTALCINO
IL POGGIONE